TEA ROOMS

MUJERES OBRERAS

colección
SENSIBLES
A LAS LETRAS

LUISA CARNÉS

TEA ROOMS
MUJERES OBRERAS

EPÍLOGO DE ANTONIO PLAZA

HOJA DE LATA

Sensibles a las Letras, 24

Título original: *Tea Rooms. Mujeres obreras (novela-reportaje)*, 1934
Primera edición en Hoja de Lata: mayo del 2016
Decimosexta reimpresión: septiembre del 2025

Hoja de Lata Editorial S. L.
Camino del Lucero, 15, bajo, 33212 Xixón, Asturies [España]
info@hojadelata.net / www.hojadelata.net

Diseño de la colección: Trabayadores Culturales Glayíu/Iván Cuervo Berango
Correción de pruebas: Tania Galán Álvarez

ISBN: 978-84-16537-11-2
Depósito legal: AS 01552-2016
Impreso en Imprenta Kadmos, Salamanca [España]

ÍNDICE

1

...siendo los prontos reembolsos el alma del comercio, confío en que usted encontrará un medio de remitirme el producto neto de esta operación en letras sobre Londres o París...

Ring, ring, ring...

El hombre gordo y calvo alarga la mano hacia el receptor telefónico.

—Sí. Al habla Hijos de Gray.

Mientras habla da vueltas entre los dientes a un ancho puro medio apagado. A las comisuras le asoma una saliva oscura.

Con una tímida mirada oblicua, Matilde trata de abarcar cuanto la rodea. Está en una habitación amplia, pintada de claro, recubierta de armarios antiguos repletos de libros de contabilidad y de modernos ficheros americanos. Un almanaque, propaganda de una famosa marca de tractores agrícolas con la fecha del día, un negro 13. Un negro 13. Pero Matilde no es supersticiosa. Hay dos escupideras de porcelana con altos pies de hierro. Y el radiador de la calefacción. Hay una estrecha y alta ventana abierta a un patio, del que llega un fuerte olor a alcohol y a bencina. Abajo, un garaje.

Algunas gotas de lluvia primaveral entran por la ventana y se estampan y ensanchan en el suelo de pizarra.

Llegan murmullos sordos de las aspirantes que aguardan en la habitación contigua.

—No; nosotros no nos ocupamos de esos asuntos; trátelo con nuestro representante.

Matilde apenas tiene tiempo de releer lo que lleva escrito «en letras sobre Londres o París».

—A ver, señorita, escriba usted: «Esperamos sus gratas noticias y nos reiteramos sus seguros servidores…». Y ahora, ponga su nombre y señas. Muy bien. Gracias.

Matilde se levanta. Tiene la impresión de que no ha escrito muy limpiamente, pero está segura de que en un par de días… En estos casos, siempre pasa lo mismo.

—Buenas tardes.

—¡Adiós! Que pase la primera.

La primera es una jovencita, delgada, muy resuelta, que al pasar ante Matilde la mira con un gesto de suficiencia; que se sienta ante la máquina sin esperar a que se lo indiquen:

—Es ésta la máquina, ¿no?

Matilde cruza ante las aspirantes y sale a la escalera. Una escalera ancha, de madera podrida, que cruje bajo el impulso de cada pie como si fuera a desmoronarse.

Matilde baja despacio. Abre la cartera hecha por ella misma con el resto de franela azul de un vestido y saca el recorte del anuncio: «Urge mecanógrafa modestas pretensiones». Lo tira. ¡Para lo que vale…! Como otros muchos. ¿Cuántos anuncios han llevado el mismo camino durante el pasado invierno? ¿Cuántas escaleras, cuántos despachos ha conocido Matilde durante los últimos diez meses? ¿Cuántas veces ha escrito su nombre y señas bajo unas líneas comerciales y un membrete azul, amarillo o negro?

Ante el portal ancho y oscuro, con vitrinas, en las que se lucen sombreros vistosos, una mujer comprueba el número de la casa con el del anuncio del periódico que tiene en la mano.

—Señorita, ¿me hace el favor si es aquí…?

—Sí.

No hace falta ser muy perspicaz para adivinar adónde se dirigen los pasos fuertes, prácticos, de la desconocida, y Matilde responde: «Sí». La mujer corre escaleras arriba, añadiendo dos huellas húmedas a los peldaños apolillados. No es nada joven, ni bella. Huesuda y alta. Al hablar despide un hálito desagradable.

Matilde ha conocido muchas aspirantes de este aspecto y muchas del contrario. Jóvenes, limpias, de cuerpos esbeltos y perfumados, de manos cuidadas y uñas brillantes. Unas son tímidas, titubean al hablar y al sentarse en el vestíbulo esconden los pies debajo del banco o de la silla. Otras irrumpen en el aposento triunfalmente, cruzan una pierna sobre la otra, hablan de sueldos fabulosos, citan casas de importancia, e incluso fuman algún cigarrillo, a veces. Antesalas frías. Mujeres de los más varios tipos y edades. Zapatos deteriorados debajo de los bancos o sillas; zapatos impecables, pierna sobre pierna. «Pase la primera». A esta voz, los zapatos torcidos avanzan rápidos, suicidas, mientras que los zapatos impecables subrayan un paso estudiado, elegante.

Otra vez bajo la monótona lluvia primaveral. El agua cae sobre el agua formando sucias ampollas.

Vocean los periódicos de la noche.

A la puerta de un bar fríen buñuelos. El que manipula ante la sartén usa gorro, delantal y manguitos blancos. Los buñuelos, dorados y humeantes, despiden un olor grato a mantequilla y anís.

Matilde los mira, al pasar, sin detenerse. Siente necesidad de comer. Las patatas «viudas» del mediodía se disolvieron hace rato en su estómago. La invade una suave laxitud, que afloja sus miembros. En su cartera de franela azul, entre un pañuelo y un pomo de perfume vacío, hay diez céntimos. En su cerebro, dos perspectivas: un buñuelo caliente o un viaje en tranvía hasta los Cuatro Caminos.

«Buñuelos calientes, a 0,10». El cartel es enorme, casi tanto como la Puerta del Sol. Sobre automóviles, tranvías, verdes y azules de lámparas lumínicas, sobre multitud: «Buñuelos calientes, a 0,10». Lo ocupa todo.

Y Matilde languidece de debilidad.

Un carrito de mano, llevando a la espalda un *sommier*: «¡Eh, cuidado!». Pasa de largo. Y automóviles negros, azules, verdes. Y tranvías: 15, 14, 18 y 17, allá lejos, despacio.

Mucha gente estacionada junto al banderín de parada del tranvía: jornaleros, funcionarios, modistas; el buen esposo, con su tarta de *chantilly*, «A ver si…»; la mujer humilde con el niño en los brazos; la señora demasiado gruesa y su marido…

«Buñuelos a 0,10». El de los manguitos blancos zigzaguea con un tenedor sobre los aretes de masa dulzarrona que flotan en la superficie de la sartén.

Matilde apretuja contra su pecho el bolso azul. Su cuerpo delgado marca un suave balanceo sobre la acera cada vez que el paso de un vehículo la hace replegar. En uno de los vaivenes tropieza con el señor del *chantilly*. «A ver…». Una mano cuidada ampara la pequeña tarta blancuzca.

«Buñuelos a 0,10». Saben ligeramente al anís y a la mantequilla. La pasta caliente —hay que aspirar fuerte para enfriarla— se disuelve pronto —algo antes que las patatas «viudas» en el estómago—. Algunas partículas de la corteza dorada se introducen entre los dientes. Luego queda en la boca una pegajosidad dulce y tibia…

18, 14 y, próximo, el 17, el ojo eléctrico apagado, enfermo.

Las calles de ruta son largas, interminables, esplendorosas de luz, y en su término, oscuras, solitarias. Pasean por ellas las parejas muy juntas.

14, 17, ahí cerca.

Origina un movimiento general en la muchedumbre apiñada. La señora demasiado gorda, el buen esposo protegiendo su pastel con la mano extendida, en la que reluce un diamante.

La calle es larga, larga, y los pies están mojados por el agua que reblandece los zapatos deteriorados. La lluvia tamborilea en el paraguas sin puño y picoteado por la polilla. Cada dos minutos exactamente, una gota de agua fría se extiende sobre la mejilla derecha de Matilde.

Una muñeca de cera, con la boina de punto caída sobre los ojos —pintura verdosa, sin brillo—; encima del brazo rígido, una bufanda del color de la boina. Lunares, rayas diagonales, hebillas niqueladas, calcetines. La pierna perfecta, con la irradiación eléctrica en el interior. Los zapatos: blanco, negro, gris, marrón. El gran zapato en el centro —como cuerpo yacente—, iluminado por suaves reflectores marginales. Los botecillos de miel, los cuadradillos de manteca, las cajas de galletas inglesas, chocolatadas. Las alhajas fulgurantes. Los medallones de nácar, con efigies religiosas, medio olvidadas ya. Los aparatos de radio, los ventiladores —«Prepárese para el próximo verano»—, los libros —terrorismo, sabotaje, revolución—. Y, más tarde, más allá, sobre piedras mojadas y fango silencioso, a lo largo de valladares impresos de gritos hechos con brea:

«¡Viva Rusia!», «¡Obreros! Preparaos contra la guerra imperialista». Y aún queda la irrupción en la plaza arrabalera, donde el círculo amarillo de tranvías gira continuamente casi. Y, por último, la callejuela de casitas achatadas, feas, sucias, dentro de las cuales siempre llora algún niño o riñe alguien. Y allá al fondo, al campo, el ruido metálico del organillo del merendero, abandonado bajo las aguas temporales. Trayecto tedioso, con la sola compañía de los pensamientos, pesados, tercos, familiares; y, a veces, un cruce con algún obrero —paraguas y hatillo de fiambrera—, o alguna vieja asistenta, con su capazo —garbanzos fríos, huesos, papeles— bajo el brazo cansado.

2

Telas varias, rayas diagonales, lunares, dulces, sombreros, calzado —los zapatos de Matilde son dos depósitos de agua llovediza—, gramolas, ortopedia.

Sobre barro, sobre agua, sobre silencio. Bajo un espacio negro al final de la ruta.

Cuando llega a la callejuela, las notas conocidas, secas, del manubrio, la reciben, como de ordinario.

En casa, un fuerte barullo de los hermanos.

No huele a nada. Aspira. Nada. Ni sardinas, ni al picante pimentón de las sopas de ajo.

Va a la cocina; mira el fogón. En la hornilla, sobre la ceniza apagada, un puchero de agua caliente.

Y a Matilde le duele el estómago y está cansada.

¡Una buena comida! Un lecho confortable. Pero el fogón apenas está templado, y la cama, donde forma un ovillo con su hermana menor, es angosta y cruje, como un montón de hierros viejos y retorcidos. ¡Déjame, pensamiento!

Matilde coge unas alpargatas que hay debajo de la

tina, en un rincón. La tina contiene agua sucia. Huele mal. «¡Qué demonios tiene esta tina!».

—Trajeron esta carta.

La madre le tiende un sobre azul. Los hermanos la rodean. ¡La carta de Matilde! Llegó al atardecer. No la han abierto, aunque todos esperan de ella algo agradable; por ejemplo, una buena colocación. Sí; seguramente. Llegó al atardecer a abrir una amplia perspectiva en la mente de estos pobres niños. Habrá batas para todos y ropa de abrigo, y botas, y quizá alguna tarde de domingo una sesión de *cine*. «¿Eh, Matilde?». El sobre azul ha sido durante cuatro horas el punto convergente de todas las pupilas. Y la máxima preocupación de la madre. «¡No tocar la carta de Matilde!». Que trae membrete negro: «Agencia Rik». *Rik*. Suena bien: *Rik*. ¡Ya lo creo! «Sabe usted, Martina; seguramente será una casa de importancia, y aunque al principio no gane un gran sueldo... —a la portera—. Ahora no nos retrasaremos en el alquiler». «Apunte este queso, Cosme. Ya no le haré muchas trampas. Mi hija ha recibido una proposición...». «Sí, la Agencia Rik; una casa muy importante...» —al tendero de la esquina.

Matilde tiene entre sus dedos la carta. Los hermanos la rodean.

—¡Que siempre habéis de estar encima...!

La carta dice:

«Señorita: Le agradeceré me envíe su retrato y me diga su edad, si tiene familia y si ésta reside en Madrid. En caso de convenirme, usted será la preferida, pues enseguida citaré por carta. Besa su pie, *M. F.*».

Canalla. La palabra acude al cerebro de Matilde. Nace y crece como esos ojos que avanzan hacia nosotros en la pantalla, hasta captarnos, hasta producirnos vértigo su órbita inconmensurable. CANALLA.

—¿Tú crees que aceptará?

¡Qué vacías, qué lejanas le suenan a Matilde las palabras de su madre!: «¿Tú crees que aceptará?».

—¿Qué es eso de aceptará? ¿Quién va a aceptar...?

—Ese señor M. F. ¿No dice no sé qué de convenirle?

—Entonces, madre, ¿tú no comprendes?

—¿Qué?

—¿Es posible que no hayas comprendido lo que quiere ese señor M. F.? Fíjate bien: para escribir a máquina hace falta tener una edad determinada y un cuerpo bonito; ¿crees que una mujer *independiente* está más capacitada para resolver un problema aritmético que una hija de familia? ¿No adviertes que ese M. F. internacional lo que desea es una muchacha *para todo*?

—Las chicas de hoy os pasáis de listas; se os figuran los dedos huéspedes.

—Así, ¿a ti te agradaría que aceptara?

—Yo no digo eso.

—Sí dices eso, madre. Contra tu propia voluntad, contra tu añejo concepto de las cosas, dices, *sientes eso.* La miseria amodorra tu pudor en esta ocasión, o es que tu experiencia de la vida es bien limitada. En la superficie —pelos blancos y arrugas— eres mayor que yo; pero no en el fondo. Las muchachas de hoy conocemos muy bien al tal M. F. M. F. nos cede el asiento en el *Metro* y nos tiende el sueldo desde la altura de su *Caja* cada mes y nos mira oblicuamente al escote cada vez que nos dicta una carta.

—¡Qué mala suerte tiene una…!

¿Contra quién va la mirada turbia de la madre? ¿Contra Matilde? ¿Contra M. F.? Levanta un paño de cretona de la mesa, lo dobla y pasa un trapo sobre el tapete de hule, roto en las esquinas. Luego saca un plato con un pedazo de queso, que divide en seis.

—¡Vamos a comer!

—¡Yo no quiero queso!

—¡Pues come mierda!

—Ya sabes que no me gusta el queso.

—¡Que te calles esa bocaza!

—¡Bueno! ¡No pagues conmigo lo de la carta!

—¡No lo pago contigo! ¡No lo pago contigo!

Pero le golpea ciegamente, cruelmente, en la cabeza, en la espalda, en la frente.

Matilde no trata de impedirlo; conoce de sobra el final de la escena; la madre se irá a llorar a la cocina, y el hermano a la cama con los labios tumefactos. Todo producto del ambiente mísero. ¿Qué mal han hecho estas pobres criaturas? Por ahí se ven otros niños, incluso feos y deformados, con sus buenos trajecitos, sus juguetes, sus perros perfumados; y ellos mismos huelen tan bien… Esos niños van en su coche hasta la escuela, una escuela higiénica, con su hermoso jardín de recreo, su calefacción. En la escuela municipal hace frío, y el mal remunerado profesor sufre de hipocondría, que se esquina contra los pobres niños. En la escuela municipal. ¿Dónde ha leído Matilde: «Vivimos en una sociedad podrida»? ¡Cállate, pensamiento!

Matilde se sienta a la mesa y muerde un pedazo de queso, rojizo y picante en ciertos sitios.

Pensamiento, idiota, ¡duerme!

3

La lluvia ha cesado, y las plantas han comenzado a florecer. Flores en los árboles, en las trepadoras madreselvas y en los vestidos de las mujeres. De las mujeres ricas, para las que es la primavera una ilusión más. Para la muchacha pobre el cambio de estación supone la adición de un problema a la suma de dramáticos problemas que integran su vida. Cada primavera requiere una renovación proporcional del indumento. La mujer rica desea el estío, que le permite cultivar su fina desnudez. La pobre lo teme. La pobre ve con temor la proximidad de los días radiantes de ese sol enemigo que descubre el zapato informe, que ilumina cada deterioro del atavío con la precisión del reflector a la *estrella*. La mujer pobre ama el invierno, aunque el agua le entumezca los pies. En el invierno, la gente camina deprisa —cada uno a lo suyo—. Hace demasiado frío para fijarse en los demás. Llueve demasiado para detenerse a contemplar una pierna bonita. Y la muchacha modesta no se ve constreñida a caminar salvando el buen equilibrio de un zapato torcido. El invierno enerva los miembros y agrieta las manos desnudas; pero la mujer pobre lo prefiere al estío y a la primavera, porque ante todo tiene un sexo y un concepto de la feminidad, que cultiva como la mujer rica su fina desnudez en las playas cosmopolitas.

La primavera blanquea las acacias.

Las mañanas, estas mañanas de mayo, azul-doradas...

La arena limpia de los parques, más blanca, y el follaje, más verde. Todo tibio en los parques, todo transparente. Todo como hecho para delicia de los sentidos. (¿Qué haces ahí al sol, joven «parado», con tus manchas, tus groseros zurcidos y ese libro marxista entre las manos?). ¡Todo es tan suave!

«Pero la enamorada llegó hasta él y rodeó con sus brazos el cuello del joven: —¡Bien sabes, Jorge mío, que nunca he dejado de amarte!».

La mujer marchita siente que una lágrima caliente le resbala hasta el grueso cristal de las gafas. A través de ellas, sus ojos llorones parecen los ojos de una vaca sentimental. Sus brazos enrojecidos muestran los rubios vellos erizados.

¡Un amor semejante! La sangre se agolpa en las mejillas de la lectora de novelas blancas. El sombrero blanco de piqué le entolda la frente estrecha. Los zapatos largos de lona están muy juntos, inmóviles. Las rodillas descarnadas se delatan bajo la falda azul claro.

«Yo esperaba este instante inefable, Emma; lo esperaba...».

¡Uy, lectora de novelas blancas, detenida, colgada hace veinte años del aro rosa de un segundo bobo! A través de tus gafas impecables, ¿no ves correr la sangre de Oriente y Occidente?

«Sólo se espera cuando se cree, Jorge».

¡Uy, lectora de novelas blancas! Blanco y azul, azul. Te veremos un día próximo, con tus gafas, tu libro y tu simplicidad interior, enriqueciendo la vitrina de un museo arqueológico.

Todo suave, todo tibio, sencillo.

Las palomas y los gorriones picotean las migajas perdidas en los paseos, y los cisnes deslizan trozos de pan a lo largo de su pescuezo. Blanco. Blanco.

La nodriza, con sus collares de plata y sus anchas monedas en los lóbulos alargados.

Los niños, blanco y rosa: «Yo era el banquero». «Yo era Al Capone». (Anaranjado hacia el rojo).

El cañoncito de lata gris dispara un proyectil de piedra contra la paloma blanca, de pico sonrosado.

Clat, clat, clat.

Vuelo blanco.

(La sangre de Oriente y Occidente...).

Blanco, rosa y azul.

(¿Qué haces en ese banco, en el centro de esa molicie suave, joven lector de libros revolucionarios?).

Blanco y rosa y azul de los parques en explosión primaveral.

A través de los que camina Matilde, con su periódico debajo del brazo y una hoja verde pegada a un tacón chato.

En su bolsillo de franela azul, el pomo vacío y el pañuelo blanco renovado.

Sobre el asfalto blanquecino del ancho paseo, las llantas de un lujoso landó dejan una estela mojada.

En una ancha plazoleta —bancos blancos, estatuas blancas, estanque blanco— cuatro niños juegan: «Un poquito de lumbre». «Por allí reluce».

Una naranja de celuloide rueda. (Vértigo).

Matilde se sienta. Está cansada. Su experiencia de escaleras y máquinas ha aumentado considerablemente. Y está cansada. Nada más. ¿No es bastante? No piensa. No entiende. Aquí, bajo el sol..., todo es grato. ¡El sol! Parece que se cambia de piel y de sentimientos.

—Un poquito de lumbre.

—Por allí reluce.

La naranja de celuloide rueda.

Cruza un grupo de jóvenes hablando en alta voz. Ellos y ellas fuertes, en curso de un moreno amarillento en la piel, que subrayaran las playas hasta el ocre vivo. Tienen duros músculos y pisan fuerte. Ríen fuerte, también.

Matilde tiene una sonrisa amarga. Ella quisiera... Ella no quiere nada. (Un gesto de indiferencia, de «¡Bueno!»). Nada. El sol va picandillo. Se cierran los ojos y un calorcito agradable cubre los párpados, resplandece sobre los párpados. Y el vacío se acentúa. Sólo muy lejano, vagaroso:

—Un poquito de lumbre.

Si se entreabren un poquito los ojos, picotean en ellos miles de microscópicas estrellitas doradas.

—Por allí reluce.

El sol recalienta los párpados. La pupila se licúa voluptuosa debajo de ellos.

—Oiga: deme mi pelota.

El chiquitín se aúpa ante Matilde sobre sus diminutos pies.

—Deme mi pelota.

Hiere la voz, y es tan flojita, tan débil, sin embargo.

—¿Dónde está tu pelota?

—Ahí.

«Ahí» es el triángulo que han establecido los zapatos de Matilde sobre la arena clara.

—Cógela.

El pie tímido avanza hasta tocar la pelota.

—¡Rueda, naranjita!

El niño se va.

¿Qué hora es?

Enfrente, alrededor de una casa cuadrada, han abierto unas anchas mariposas enormes sus chinescas alas. Bajo ellas, manchones de bellos atavíos y veladores estrechos. Sorteándolos, fraques jornaleros.

Todo próximo y lejano. Todo bajo una apariencia de visión inestable. Que es invadido de pronto por una decadente melodía vienesa. Que se apaga en seco. Y la inestabilidad del cuadro se disipa. Un realismo amplio determina, concreta las imágenes fronteras y las aproxima. Sobre todo a una de ellas, de oscuros cabellos y gracioso perfil, de cierta semejanza con Matilde —una Matilde con sedas y pieles de marta—, la cual se levanta y camina con una gracia de movimiento, de seguridad de sí misma, con que Matilde no ha caminado nunca.

El *auto* es magnífico. Las sedas y pieles entonan bien con el barniz oscuro del coche.

Yessssttt.

Y la falsa Matilde desaparece.

¿Fox? ¿Black-Botton? Vibraciones en metal, en acero, en vidrio. Que imprime a todo inusitada vivacidad. Los fraques van y vienen con más ligereza. Y entre ellos una bata negra, con un cuello blanco almidonado. Esa bata negra lleva dentro una pequeña Matilde, que dormirá allá lejos, en un camastro reducido, ovillada con alguna hermana menor.

A Matilde le invade una súbita ternura por la bata negra, que va y viene entre las mesitas estrechas, con una bandeja sobre las palmas de las manos extendidas, rectas.

Y es que la realidad le ha dado un golpe en la frente, recalentada por el sol y el blanco-rosa de los parques en primavera; un golpetazo duro, que la traslada sin transición a la trasera de la casa cuadrada; a su centro natural, racional. («Eh, por la escalera interior». La primera vez que se lo oyó a un portero de librea dividió mentalmente a la sociedad en dos mitades: los que utilizan el ascensor o la escalera principal, y «los otros», los de la escalera de servicio; y se sintió incluida entre la segunda mitad). Allí, otro *Yazzband*: platos, vasos, cuchillos, peticiones concisas, rápidas: «Un *whisky. Vermouth. Sandwichs*; dos raciones». Puerta de tela metálica. Bandejas de pastas. Cajones de botellines de aperitivos y de leche. Anchos tableros muy limpios. Cestos de mimbres colmados de dorados panecillos. Frigorífica repleta de fiambres. Cajas de mantequilla inglesa. Anchas pilas de cemento, en las que el agua destila constantemente. En torno, los fraques proletarios, las batas negras, los cuellos almidonados. Un hombre da órdenes y consulta un carnet de notas. Mujeres: la que friega los platos y vasos; la que prepara los «emparedados», la que atiende los pedidos de los camareros.

El hombre del carnet. —Hay que pedir al horno pastas de té.

Una de las mujeres. —Felisa, pide pastas de té.

Otra. —Pastas de té... Voy.

Un camarero. —Pequeña de leche.

Otro. —Una naranjada.

Otro. —*Cocktail*... Ahí va, coño; ¿dónde tienes los ojos?

Una mujer al teléfono. —Doscientas para té, pronto.

Matilde atisba ante la puerta.

Fraques proletarios, batas negras... Trabajo.

¡Qué olorcito viene de ahí dentro!

4

La puerta apenas chirría al girar.

El ambiente interior es tibio. Huele a mantequilla y a masa caliente.

Matilde se dirige al mostrador y tiende su tarjeta a una mujer cuarentona:

—Buenos días.

—Buenos días.

—Me mandan de la otra casa.

—Ya. Me lo han dicho por teléfono.

No obstante, lee la cartulina. «Antonia: la joven ocupará la vacante del turno de día».

—Bien. Pase por ahí. Cuidado, no vaya a tropezar en esos tableros.

Matilde pasa por detrás del mostrador y bordea cuatro tableros colocados en pirámide sobre una banqueta. Se detiene ante la mujer, sin saber qué hacer ni decir. Se pellizca el vestido hacia abajo. «Está demasiado corto este vestido».

—Tendrá usted que hacerse una bata negra lo antes posible; se le va a estropear el vestido enseguida. Aquí se pone una hecha una porquería.

—Sí, claro.

Por decir algo a la mujer —parece seria, pero, ciertamente, cordial; aunque no comprende cómo puede «una» ensuciarse aquí, donde todo reluce de limpio: cristal, níquel, porcelana, pavimento.

La mujer entrega a Matilde dos paños blancos:

—Tome —abre un cajón del mostrador—, limpie el cajón. Primero, con esto —una placa de celuloide que tiene grabado en negro: «*Croissant*, 0,25»; ¿ve?, así —recoge el azúcar y lo va echando en esta bandeja sucia; luego pase este paño, y cuando esté bien limpio el cinc del cajón lo frota con este otro paño, apretando bien.

—Sí.

Matilde limpia el cajón concienzudamente. El azúcar glaseado le hurga en la nariz y le provoca un pequeño estornudo. Está en plano inferior a la otra y sus ojos sólo alcanzan a ver sus piernas gruesas, ceñidas por medias de algodón.

—Ya está esto.

—Ahora vaya colocando dentro estas ensaimadas, contándolas; cuando acabe, anote las que haya contado.

—Sí.

—¿Cómo se llama?

—Matilde.

Ahora se fija Matilde en que una mujer de aspecto nada limpio manipulea en el local con una máquina aspiradora.

Entran sirvientas con la cafetera de la leche en una mano y el saquito del pan en la otra.

La dependienta las despacha con parsimonia.

—¿Qué desea?

—Dos *suizos.*

—Dos *suizos.*

—Hasta mañana.

—Adiós.

—¿Qué desea?

—Tres *brioches.*

—Hasta mañana.

—Adiós.

Matilde acabó su tarea. Ahora limpia un cajón. Después, otro.

Van llegando las empleadas. Se acercan al mostrador abotonándose los uniformes y alisándose los cabellos con las manos.

—Hola, Antonia.

—Buenos días, Antonia. Miradas curiosas a la «nueva».

—Oye, Antonia: ahora los he visto. ¡Qué poca vergüenza! Han venido juntos en el *Metro* y al llegar a la Ópera se han separado. Ella viene por un lado y él por otro. Verás… ¿No te dije?, ahí está. Fíjate.

Entra una mujer alta y delgada. Al verla, las muchachas disuelven el corro.

—Buenos días.

—Hola, buenos días.

—¿Ésta es la nueva?

—Sí. Me trajo una tarjeta de don Fermín…

—Está bien.

Se aleja despacio, a cambiarse de ropa.

Antonia le dice a Matilde:

—Es la encargada.

—Creí que la encargada era usted.

—¡Uy! Ojalá fuese Antoñina la encargada, ¿verdá, Trini?

—¡Ya lo creo!

Al acabar el trabajo, a Matilde le duelen los hombros. Después hay que desempolvar los frascos de los caramelos y los escaparates, y, por último, colocar los pasteles en las bandejas, retirando antes los averiados del día anterior, y establecer pequeñas pirámides de bollos sobre anchas bandejas de madera, cuidando mucho de poner sobre los frescos los «viejos», para venderlos primero, y llenar los vanos en las bandejitas de los bombones.

Hecho lo cual, ya no habría que hacer otra cosa que esperar la llegada de los clientes. Pero el ojo de la encargada —vigía y capitán al propio tiempo— no deja de atisbar desde el mostrador de enfrente cada acto, cada gesto de las empleadas. Aun cuando la limpieza ordinaria se haya efectuado, la «buena dependienta» nunca debe permanecer ociosa. «Aunque parezca que todo está hecho, siempre queda algo por hacer» y «el papel cortado nunca está de más».

Matilde aprende a cortar el papel en línea recta, con un cuchillo de borde obtuso —el papel se corta en cuatro tamaños distintos—. Y aprende a empaquetar y a hacer el nudo corredizo —de ahogado— alrededor de los paquetes; ese difícil nudo, cuya perfección acredita la pericia de la «buena dependienta».

Detrás del mostrador de la pastelería hay una banqueta para descanso de las empleadas; pero no es prudente ocuparla demasiado tiempo o repetidas veces: la encargada vigila desde el mostrador de enfrente, tiesa detrás de la caja registradora. El local es «de lo más selecto de Madrid» y exige de sus empleados la máxima corrección. El comedimiento y aire distinguido de sus dependientes acreditan un establecimiento tanto como la pureza de sus productos. Las muchachas han de ir y venir detrás del mostrador, erguidas y sonrientes. «¿Qué desea la señora?». Ni una broma con los camareros, ni una frase de mal gusto. «Ésta es una casa distinguida». Esto de la distinción lo ha oído Matilde muchas veces, en boca de la encargada, durante las tres horas que lleva actuando en el salón. De las cuales ha sacado una consecuencia: «El cliente siempre tiene razón». Y otra: «Al cliente hay que sonreírle siempre y engañarle cuando haya ocasión». Y esto, sólo en lo relativo al público. Que es de lo más heterogéneo. El público da color y marca cada hora del establecimiento. Al principio se multiplican en él las sirvientas, con sus cestas de hule; la modista, la mecanógrafa, el empleado, que adquieren su bollo de hojaldre; más tarde, el mozo de almacén, el *botones*, el *continental.* («Oiga, un pastel»). Luego, la vieja repintada y sus niñas cursis, las beatas, al regreso de la iglesia; la dueña de la pensión modesta, que hace su pedido de tartas de las más económicas; la dueña de casa, que adquiere sus flanes o su nata. A la tarde, después del frugal almuerzo —Ópera-

Cuatro Caminos, Cuatro Caminos-Ópera—, una hora de calma, que se aprovecha para pasarle un paño a los mostradores, a las vitrinas, etc., y de nuevo el desfile: las parejas de novios que comen un pastelillo en pie, mirándose a la cara; los grupos de muchachas que eligen alocadamente sus pastelillos, de pescado o ternera; los jóvenes que devoran el dulce con grosería, que ellos titulan «naturalismo»; los que, por el contrario, se violentan por demostrar su distinción y acaban, invariablemente, oscureciendo su americana con una lágrima de chocolate o de grosella. Y queda todavía el señor jubilado, que se toma su merienda y se va lentamente siempre por el mismo camino; y la clienta que hizo su encargo por teléfono, y el funcionario que adquiere el postre de la noche.

La noche. Duelen las plantas de los pies, y los muslos y el índice de la mano izquierda, producto de la experiencia del nudo corredizo, y se tiene un peso enorme encima de los párpados. ¿Cuántas horas? Diez. Diez horas.

El reloj resuena nueve veces. Y una nueva empleada —ojos despiertos, cabello húmedo, impecable, como si acabara de arreglarse, de despertar (¿qué hora es?):

—Son las nueve. Yo hago el turno de la noche.

La noche.

Diez horas, cansancio, tres pesetas.

Fuera hace calor.

A la puerta, un viejo pregona los diarios nocturnos.

El público que sale de los *cines* y teatros emite comentarios en voz alta.

Diez horas, cansancio, tres pesetas.

5

El único salón público del establecimiento es amplio y está decorado con mal gusto. Las mesas de cristal, las perchas de níquel y el pavimento encerado, relucen.

De cinco en adelante el salón es invadido por un público semiselecto, compuesto casi exclusivamente de parejas de novios y grupos de muchachas.

El público «bien» de los días hábiles difiere notoriamente del público de los días festivos. Los días de fiesta el salón permanece lleno hasta bien entrada la noche, y en esos días todo es aprovechable —los pasteles averiados, los dulces demasiado secos—. Los matrimonios domingueros parecen disfrutar de un paladar nada exquisito. La menuda prole tampoco distingue estas deficiencias. Además, la celeridad lo justifica todo. Los mozos corren de un lado para otro del local, manteniendo el raro equilibrio de su bandeja en alto; las dependientas preparan los platos de a «seis» pasteles, deprisa, sin hablar entre sí; la encargada taladra los *tickets* a los camareros y vigila desde su caja registradora. El resto de la semana el público es más atildado y exigente. A pesar de lo cual las dependientas prefieren los días de labor. Los domingos aumenta considerablemente el trabajo y hay que atender simultáneamente al mostrador y a los pedidos del salón, y al anochecer los tobillos duelen enormemente. De todo esto resulta un aumento en los ingresos del día. No obstante, el jornal de la empleada es el mismo. Pero hay otro motivo para que la dependienta aborrezca los días festivos. Desde por la mañana, todo proclama la fiesta —además del enorme aumento del género—: los comercios no levantan sus persianas ruidosas. Vocean las floristas más alegremente en las calles. Ante las taquillas del *cinema* de enfrente se forman colas numerosas; las mujeres se adornan más que de ordinario; y luego, a la tarde, el desfile de parejas de novios ante los escaparates del establecimiento. Y «una», «una», a «lo suyo»: «Seis pasteles». «Media de bizcochos». «A ver, una al teléfono». «Una» no tiene más que medio día cada semana, es decir, cinco horas de asueto por cada sesenta y cinco de trabajo. «Una» está aquí, «entre toda esta pringue». Fuera, el ocio, el lujo, las diversiones y el amor. Los hombres que desfilan por el salón apenas miran a la dependienta. La dependienta, dentro de su uniforme, no es más que un aditamento del salón, un utilísimo aditamento humano. Nada más. Ella corresponde a esta indiferencia con desprecio. Para ella, el público se compone de una interminable serie de autómatas; de seres de ojos, palabras y ademanes idénticos —todos la misma actitud: el índice, tieso, indicando el dulce elegido y un brillo glotón en los ojos; un brillo repugnante—. «Aquí no son ustedes mujeres; aquí no son ustedes más que dependientas». Al crear este apotegma, la encargada se ha excluido a sí misma. La encargada es eminentemente coqueta e insinuante con los clientes, en particular con un señor alto, enjuto, que usa un ridículo bigotito hitleriano y unas camisas blancas impecables; es militar —comandante o coronel—; tiene los ademanes muy rígidos y los dientes perfectos. Cuando ríe, enseña un colmillo de oro. Este cliente, que viene invariablemente cada noche a por «su» pastel de grosella, es el dilecto de la encargada. Por nada del mundo dejaría ella a «su cliente» sin «su» pastel.

Una empleada que omitió tal cuidado hubo de sufrir una seria reprimenda. El coronel, o comandante, parece estimar las atenciones de la encargada y corresponderla; sus cotidianos saludos son bastante expresivos, e incluso una noche la obsequió con una rosa que llevaba en el ojal de la americana y cuya vista despertó los celos de la encargada. Pero, al parecer, no pasa de ahí. En general, la encargada es efusiva con todo el mundo, menos con los empleados de la casa; cuando el salón está vacío de público, sus ojos repasan cada bandeja, cada objeto, cada papel. Es rigurosa y seca con las muchachas, y tiene palabras duras para los camareros, que la odian. Ella conoce muy bien la hostilidad que inspira a sus subordinados y se venga zahiriéndoles con «estúpidos» y «torpes» prodigados. Ni Cañete se libra de sus denuestos. Pero, en cuanto a este Cañete, todo sucede en apariencia. ¡Bah! Es «pan comido». ¿Para qué hablar de «cosas antiguas»? Estos son términos de Esperanza, la asistenta. Esperanza es vieja en la casa y sabe muy bien «del pie que cojea cada cual». «Buenos bocadillos que se jama el gachó a cuenta de la muy pellejo. ¡Valiente pendón!». Esperanza tiene más de cincuenta años. Vive en los arrabales, cerca de Fuencarral. Es soltera y ya olvidó la historia de sus amores con un militar que se ahorcó por motivo de un desfalco cometido en la Caja del regimiento. Es sucia, huraña y soez. Una muchacha planchadora, que tuvo en casa en calidad de pupila, le robó setenta duros que había economizado penosamente. Desde entonces, vive sola con sus miserables trapajos. Esperanza, Antonia y Paco el cocinero, «abren» la tienda. Antonia recibe el género que va llegando, comprueba la cantidad de cada producto y comienza la limpieza. Paco envasa la leche en los botellines después de removerla con una pala de madera para que se distribuya el bicarbonato, y calienta el pequeño horno de la cocina. Esperanza maneja la aspiradora —rrrrrrr—. Alguna vez se toma un vaso de leche en la cocina, deprisa —«no vaya a llegar esa puta vieja»—; luego baja al sótano a lavar los paños de la limpieza. En el sótano hace frío, aun en pleno verano; allí están los depósitos del hielo y la frigorífica, y hay unas desagradables emanaciones de moho. Mientras lava, gruñe: «Por diez jodíos reales que gana una». No tiene de la casa la menor gratificación, ni siquiera los pasteles averiados o los bollos secos. Aquí todo se aprovecha: los pasteles endurecidos, los recortes de jamón de los *sandwichs*, los bombones rancios, para rellenos o como *pudding* «especial de la casa».

Esperanza lava y gruñe. No se adivina cuál fue el primitivo color de su bata. Sus alpargatas chapotean en un charco de agua sucia. De vez en cuando la uña de su pulgar derecho desprende una gota de chocolate o grosella endurecida.

Suena el teléfono. El teléfono está en la escalera de acceso al sótano y los timbrazos aturden a Esperanza.

—¡Teléfono!

—Ya.

Matilde está al habla. Un encargo.

Matilde lo registra: «Dos tartas de almendra a la pensión Carlota». Y se vuelve hacia la asistenta.

—Buenos días.

—Ya la he visto a usted, tan guapa, con su uniforme.

—Ya ve.

—¿Está usted contenta?

—Sí.

—Ya verá cuando lleve dieciocho años, como yo.

—Creo que no me haré aquí vieja.

—Todas dicen lo mismo, y luego... Buenas están las cosas para andar escogiendo.

—A ver si pasa esta crisis...

—Ya usted ve: Felisa, con tanto como sabe, y aquí está va para cuatro años. Y Trini, y Antonia; ya ve, Antonia, con quince años en la casa y ganando un duro... y callandito. Ya hay veinte en la puerta esperando.

—De eso se valen «ellos».

—Vamos; ya ha sido bastante conversación —grita la encargada desde arriba.

Matilde sube.

—¿Ya está usted contándole películas a la nueva, Esperanza?

—Sí, que tendría mucho que inventar si quisiera hablar.

La encargada sale, sin oponer la menor objeción.

—¡Demasiado sabes tú por dónde voy, puta vieja!

6

¡Qué asqueroso este cuarto —un metro cuadrado escaso—, antigua cabina telefónica, forrada con arpillera pintada de amarillo oscuro (nido de chinches y cucarachas), donde se visten y desnudan las empleadas! Una hornacina con tapa. Dentro huele mal. Las zapatillas de suela sucia y pringosa, los zapatos tirados en el piso y los vestidos pendientes de clavos, le dan aspecto de guardilla trastera. Ni un solo agujero por donde la atmósfera pueda renovarse. Sobre la puerta, un pequeño espejo. La bombilla apenas lanza un débil resplandor. La aspiradora de la asistenta hace mucho que no asoma la nariz a este piso sucio y lleno de papeles arrugados, entre los que descuella la envoltura reluciente de algún bombón. En este escondrijo cambian las muchachas sus vestidos de calle por los uniformes de labor. En estos clavos cuelgan las empleadas cada mañana su personalidad para recogerla cinco horas después. Desde ese instante se convierte en el insustituible, en el utilísimo añadido humano del establecimiento. «¡Qué porquería de cuarto!». «¡Qué mal huele!». En particular por las mañanas, cuando se llega de fuera, donde hay un hermoso sol y unas calles limpias y alegres. Y «hale, adentro». Adentro hace un calor que entontece, aunado al zumbido soporífero de la aspiradora, hábilmente manejada por Esperanza. El suave olor que despiden los pasteles calientes no es nada grato; pero lo verdaderamente insoportable es el ambiente de la cabina, la peste que despiden el montón de zapatos viejos. «¡Uf, qué asco!». «Esto es la peste». «Además de la mierda que una gana, esta porquería de cuartucho». Pero «una» no protesta nunca, al menos ante la encargada o el jefe supremo, el propietario; «una» se conforma con murmurar un poquito de la pocilga inmunda, mientras se viste o desnuda en ella, con la compañera de turno. Lo natural es que no se ocupe siquiera del abandono y carencia de higiene de la cabina. Ya está «una» inmunizada contra el mal olor, de tal modo, que apenas lo siente; sobre todo desde los dos minutos en adelante de hallarse bajo su influencia. Además, se disfruta de tan escasa libertad en la casa que es una lástima perder los cinco o diez minutos que se invierten en el canjeo del indumento en inútiles lamentaciones o en vanos comentarios. Lo único eficaz sería elevar a la dirección una protesta colectiva. Ya se ha tratado más de una vez del asunto, pero tras muchas discusiones no se ha llegado nunca a un acuerdo: el temor de cada dependienta a perder el empleo ha ahogado la protesta. Ya una vez fue despedida una de ellas a propósito de un fuerte altercado con la encargada respecto del tema. ¡Bueno! Es un asunto nada nuevo. Las muchachas hallan siempre motivos más interesantes para sus breves charlas ocasionales; por ejemplo, el vestido de verano o el abrigo de invierno; ese único vestido temporal de la obrera, cuya adquisición y «estreno» reviste en casi todos los casos enorme trascendencia; las confidencias íntimas; los «me dijo», «te dijo», de la compañera; el «asunto» de la encargada. Los problemas de orden «material» (social) no han adquirido aún bastante preponderancia entre el elemento femenino proletario español. La obrera española, salvo contadas desviaciones plausibles hacia la emancipación y hacia la cultura, sigue deleitándose con los versos de Campoamor, cultivando la religión y soñando con lo que ella llama su «carrera»: el marido probable. Sus rebeliones, si alguna vez las siente, no pasan de momentáneos acaloramientos sin consecuencia. Su experiencia de la miseria no estimula su mentalidad a la reflexión. Si un día su falta de medios económicos la constriñe al ayuno forzoso, cuando come lo hace hasta la saciedad. Y las dos cosas dentro de la más perfecta inconsciencia. La religión la hace fatalista. Noche y día. Verano e invierno. Norte y sur. Ricos y pobres. Siempre dos polos. ¡Bueno! A veces —pocas— siente que su vida es demasiado monótona y dura; pero su mente contiene suficientes aforismos tradicionales, encargados de convencerla de su error y de la inmutabilidad de la sociedad hasta el fin de los siglos. Estos proverbios son también quienes le han asegurado que no posee sobre la tierra otro patrimonio que sus lágrimas, y por eso tal vez las prodiga.

Matilde constituye una de esas raras y preciosas desviaciones del acervo común. Matilde no habla, no comenta. Observa. Se adapta. Corta el papel de envolver, coloca el género, atiende a los clientes y los pedidos del salón con la mayor pericia. Consciente en todo momento de su obligación, pero fría.

—Al cliente hay que halagarle un poquitín, querida. Un «señor» o «señora» a tiempo tienen una gran influencia sobre el cliente vanidoso. La buena dependienta debe tener esto muy en cuenta. Es usted demasiado seca con el público. No basta con servir correctamente al cliente, hay que saber halagar un tantico su vanidad.

—¿Tiene usted alguna otra queja de mi trabajo?

—Yo no he dicho que esté descontenta de su trabajo; solamente que es usted demasiado orgullosa.

—No creo que se me pueda exigir otra cosa.

Este breve diálogo sostenido con Matilde ha impuesto a la encargada de la personalidad de «la nueva». Las otras empleadas censuran subrepticiamente; pero Matilde dice las cosas de un modo que no admite réplica. Sin desentonos de voz, sin titubeos. Sus palabras categóricas, sencillas, han establecido una fría laguna entre Matilde y su jefa inmediata. En cuanto a las otras dependientas, varía mucho la situación. Todas ellas son muchachas sencillas, ignorantes y cordiales. Particularmente Antonia. Antonia es la veterana de las empleadas. Antonia es excesivamente gruesa, camina con pasos de pato y tiene unas manos redondas, blandas y coloradas. Antonia es viuda, pero su estado es un secreto para todos los de la casa. La dirección no admite mujeres casadas en el establecimiento, y durante sus diez primeros años de actuación en él, Antonia hubo de ocultar su situación civil como algo vergonzoso. La viudez la redimió de tan violenta esclavitud y la invistió de un aspecto resignado y bobalicón. Desde los primeros instantes Antonia ha demostrado hacia Matilde una especial ternura, que ha culminado en la confidencia de su secreto : «Sólo a ti se te pueden contar estas cosas; las demás son tan locas... Tú tienes una cosa especial...». La «cosa especial» que Antonia atribuye a Matilde es el sello de magnífica serenidad de la criatura marcada por largos años de una vida difícil; de la criatura desarrollada en la mayor miseria, cuyo cerebro no está absolutamente hueco. «Crea usted, Antonia, que lo natural es que yo sea así, y no de otra manera». De ordinario, Matilde y Antonia coinciden en uno de los turnos, precisamente en las primeras horas de la tarde, cuando el silencio y el calor son más absolutos en el local.

A las dos, un camarero sirve el almuerzo a la encargada, sobre una de las mesitas del salón. Ella come muy despacio, deleitándose en cada plato, en cada sorbo de cerveza fría.

Mientras tanto, el camarero —el único camarero del turno— cabecea soñoliento sobre un velador o relee un periódico.

En el mostrador de los fiambres, Paca —treinta años escuálidos y feos— manipula preparando los *sandwichs* y los botellines de leche para la frigorífica, y frotando el cinc del pequeño tablero donde se preparan los bocadillos y los pasteles de nata y fresa.

Los ventiladores zumban sordamente.

A través de las puertas y escaparates, velados con crespones oscuros, cruzan perezosas figuras.

El sol cae de plano sobre la portada fronteriza, en la que ríe la caricatura —cuatro metros blanco-rojos— de Janet Gaynor. Los toldos, de lona ocre, amparan los titulares de los comercios. Un empleado de la Sociedad de Tranvías engrasa los raíles relucientes. Cruza un hombre vestido de blanco, empujando el tenderete ambulante de los helados económicos.

Lentamente, la encargada descorteza un plátano.

Antonia, sentada en la única silla reservada a la dependencia femenina, rellena las casillas de la hoja de pedidos.

Matilde ordena las bandejas de pasteles, retira las vacías y las lleva a la cocina. Luego se sitúa al lado de Antonia y permanece en pie, de cara a la mesa que ocupa la encargada.

—Mira a ver si hay bastantes bombones en las bandejas, Matilde, y rellénalas, no «vaya» a decir algo.

Antonia habla sin dejar de escribir. Es preciso no estar ociosa. Unos ojos claros, feos, vigilan oblicuamente.

Matilde revisa las bandejas de los bombones.

La encargada se hurga los dientes con un palillo mentolizado:

—¡Qué calor!

—Yo estoy empapada en sudor.

De ordinario, en las primeras horas de la tarde no ocurre nada sensacional. El sopor agobia y sobre los párpados pone plomo el calor.

Los ventiladores zumban, etc.

Hasta que la puerta se abre e irrumpen en el local una pandilla de actores cinematográficos, que hacen tertulia en una mesa próxima al mostrador de los pasteles.

Entonces la encargada gruñe al camarero que dormita:

—Vamos; ya tendrá tiempo de dormir.

7

Esperanza sale envuelta en su bata, cuyo primitivo color no puede adivinarse, y se aleja muy deprisa hacia unas oficinas de la Gran Vía, donde hace la limpieza diaria. A prudente distancia del salón de té saca del bolsillo de su bata un papel arrugado y del papel unos recortes de jamón cocido, que engulle precipitadamente. Cuando le resulta posible, recoge de la máquina los residuos de la noche anterior. Siempre que la encargada no ande alrededor, porque «esa tía pellejo está en todo». «Es lo que va una a sacar en limpio». Y en las oficinas, también. Allí hay papel y sobres en cantidad y ocasión de guardar alguna cosa; después, entre la vecindad, «siempre se vende algo». «Todo el mundo hace lo mismo. El que no roba es porque no tiene de dónde».

Frente a las oficinas se cruza con Felisa, que va corriendo de nuevo hacia su pesada jornada. Al correr, un mechón de rizos rubios la golpea en el ojo derecho. Le arden las mejillas anchas. La voz le silba en la garganta reseca:

—Adiós.

—Ya ha llegado el coche con el género, y «la otra»; prepárate.

—¡Bueno! Por una más…

Felisa es alegre y frívola. Tiene dieciocho años graciosos. Los ojos, chiquitos, brillantes; el cabello, rizado, muy claro. Poca estatura y forma varonil. Pecho y caderas planos.

Las nueve y cuarto.

En la cabina, Trini se empolva la nariz ante el espejo colgado detrás de la puerta.

—Vengo con la lengua fuera.

—¡Ay, hija; por poco me tiras la polvera!

—A ver ahora dónde está mi bata.

Sobre los clavos se amontonan los vestidos de las empleadas. Felisa busca entre ellos su uniforme, lo encuentra y se embute en él rápidamente. En la búsqueda, un vestido rosa cae sobre un papel pringoso y allí se queda.

—¿Te ha dicho algo?

—A mí, no; ¿y a ti?

—Tampoco; se conoce que hoy la han salido bien las cuentas. Cuando llegué, estaba canturreando; debía de aprovechar hoy Clara para pedirla el permiso.

—¿Cuándo lo quiere?

—La última quincena de agosto.

—¿Y tú?

—¿Yo? Me da igual. Te lo advierto, que entre hacer el burro en mi casa y esto, no sé qué decirte. ¿Te vienes?

—Sí.

Felisa abotona su cinturón.

—Vamos. La luz. ¡Uy!, por poco me mato.

Da un puntapié a un zapato. Maneja el conmutador y cierra la puerta con llave.

La encargada abrillanta las uñas de su mano derecha sobre la manga izquierda de su bata de trabajo. La encargada es muy alta y fuerte; sus hombros son anchos; sus pies, grandes; sus piernas, demasiado gruesas. Sus manos enormes están habituadas a los duros trabajos. Antes de ingresar en la casa fue lavaplatos en una fonda y camarera en una pensión de primer orden.

Felisa deja la llave en un cajón del mostrador de los fiambres.

Paca enjabona y frota el cinc de la mesita de preparar los emparedados.

Dos camareros provistos de grandes plumeros desempolvan las paredes y las sillas del local. Otro, subido en una escalera, limpia los globos de la luz.

Antonia coloca las bandejas sucias unas sobre otras y las entrega a Trini.

—Lleva esto a la cocina.

—Hola, Antoñina.

—¡Chist! Anda, date prisa, que va a venir «el ogro».

—¡Uy, qué miedo!

—Anda, que es tarde.

«El ogro» es el jefe supremo, el propietario. Es brusco, grosero, autoritario; adora la disciplina. Cuando llega al establecimiento se dedica a pasar un dedo sobre los mostradores, sobre las vitrinas y la registradora; tira de los cajones, lo hurga todo y, de súbito, interpela a una de las muchachas: «Vamos a ver: ¿cuánto valen tres docenas y media de pasteles?». El más leve titubeo en la respuesta puede originar un despido.

—Oye, Antonia: ¿has visto qué buen humor «tiene» hoy? ¿No has visto la pulsera que trae?

—No.

—Muy mona: un aro de oro y un lacito con un granate en medio.

—Se lo habrá regalado «su» cliente.

—No creo; el regalo debe venir de otro lado.

—¡Anda ya!

—¡Chist!

La encargada se acerca:

—Oiga usted, Antonia: ¿encargó anoche la docena de cazuelitas para rellenar que la dije?

—Sí.

—¿Y el pan de molde?

—Y el pan de molde. Ya iba yo a decírselo a usted.

—Muy bien. Mire, Felisa, qué regalo me han hecho.

—¿A ver? ¡Uy, es preciosa!

—Es monísima. ¿Verdad, Antonia?

—Sí, es muy fina; ya se lo he dicho.

—Mañana es mi santo.

—Ya pagaré un *sandwich* y una cerveza; nada más, ¿eh?, que están malos los tiempos.

Se aleja.

Felisa inicia un paso de baile.

—Trú, lalá.

—Quieta, Felisa.

—Oye: está de muerte.

Trini, que coloca en el escaparate las bandejas llenas de género, hace un guiño.

Matilde cuenta las ensaimadas.

—...veintiséis, veintisiete...

—Oye, Matilde: ¿tú no has visto el regalo?

—...treinta, treinta y una —cuidado, está mirando—, treinta y dos, treinta y tres...

8

Antonia y la encargada desayunan sobre un velador del salón. El extemporáneo comienzo de jornada de Antonia le da derecho a un frugal desayuno —café con leche y bollo, o pan y mantequilla.

Mientras, las dependientas limpian y comentan. Clara, una de las chicas que hacen el turno de la noche —son dos, tres camareros y un encargado—, ha comenzado a disfrutar de sus quince días de vacaciones y Trini la sustituirá. Por este motivo —las vacaciones— han sido suspendidas durante dos meses las «salidas». Naturalmente, la noticia ha exaltado los ánimos. Se habla de elevar una queja a la Dirección. Probablemente, todo se quedará en palabras. Otra cosa: ingresará en el establecimiento una ahijada del propietario. Esta muchacha ha visitado varias veces el salón de té en calidad de clienta, siempre en compañía de su familia o del jefe, y siempre dirigiendo miradas despectivas a las dependientas y tuteando como una loca a su padrino ante ellas. Este tuteo y los prodigados «padrino», la investían ante las empleadas de una superioridad social de ocasión, de la que parecía mostrarse muy satisfecha. Nadie se explica cómo ha podido «descender» tanto de pronto.

—¡Tanto postín!

—Yo me alegro.

—Pues vaya una ventaja, una espía al lado.

—Bueno; pero, de todos modos, me alegro; tanto presumir…

Pero su verdadera preocupación es la abolición del descanso semanal.

—Son unos canallas.

—¡Chist!

—No me da la gana callar; les parece mucho descanso cuatro horas a la semana.

Trini es la más exaltada. Por temperamento, y porque el cambio de turno le perjudica extraordinariamente. Es hija única de una viuda que se gana la vida como lavaplatos en un restaurante de la Puerta del Sol. Su jornal es insignificante y su trabajo, abrumador. Cuando llega a casa, por las noches, sus piernas varicosas están terriblemente hinchadas. El cambio de turno de la hija agravará su situación. En lo sucesivo habrá de recogerla cada noche —cada mañana— a las dos o las tres; el público que sale de los *cines* y los teatros; los artistas, que suelen establecer en el salón sus contumaces tertulias; una mujer joven que transita por las calles a tales horas se expone a ser víctima de innumerables incidentes en estos países donde se cultiva la prostitución.

Felisa ríe. («¿Va una a tomar en serio estas cosas?»).

—Trú, lalá…

—¡Mierda! Mira, cállate, que me pones negra.

Trini deja caer un gran trozo de pan *cake* y lo pisotea.

—Haría lo mismo con la cabezota del «ogro».

—Es una estupidez. ¿Qué adelantas con eso?

—Bueno; lo estropeo, ¿y qué?

—Eso digo yo, ¿y qué?

Matilde empuja con un pie el dulce estropeado debajo del mostrador y con un paño aventa las migajas.

—Se han perdido seis pesetas. ¿Qué son seis pesetas para *él*? Menos que nada. Además, no se entera siquiera; de modo que no consigues ni disgustarlo. Y si se enterase, con ponerte de patitas en la calle…

Felisa coloca en una ancha bandeja de cristal unos pastelillos de hojaldre untados con dorada miel.

—Claro que es una tontería, Trini; al fin, una es la que se fastidia.

Abre la boca y se come un hojaldre.

Va aumentando la afluencia de público.

Es la hora de las modistas, de las dactilógrafas, de los empleados burocráticos, de los mozos de almacén.

Antonia engulle precipitadamente su último pedazo de pan con mantequilla y se levanta.

—¿Qué deseaba?

La actividad de la jornada ha comenzado.

En el mostrador de los fiambres, Paca ordena unas terrinas de mermelada.

Dos camareros empaquetan azúcar sobre una mesita.

Paco, el cocinero, cruza el salón y llega al mostrador de los pasteles. Entre sus manos, encarnadas y húmedas, reluce un ancho bote de hojalata.

—Café, Antonia.

Antonia eleva hasta el mostrador un recipiente de latón que contiene café y llena el bote al cocinero.

—Oiga, Antonia: creo que vamos a tener pronto *corrida de toros.*

—¿Por qué?

—Ayer me salió al encuentro la mujer de Cañete; a la cuenta, le han ido con el soplo de lo de la pulsera...

—¡Atiza!

—Está empeñada en venir a la casa y darla un escándalo.

Antonia se retira a servir a un cliente.

Paco se va a su rincón.

Un hombre con una barra de hielo a la espalda cruza hacia el sótano, dejando en el pavimento anchos hilos de agua.

Entra un inglés alto, caído de hombros, coloradote y con un largo bigote gris, y se sienta.

Uno de los camareros que empaquetan azúcar se levanta y acude a servirle.

El inglés pide un té completo y naranjas. Pero no hay naranjas en el establecimiento; tan sólo una, chiquitina y medio seca.

La encargada riñe a Paca por su falta de previsión.

—No está usted pensando más que en sus santos.

Paca se pone pálida; nada hubiera podido ofenderla más que tales palabras. La encargada lo sabe bien, y por eso se complace en atormentarla.

—Tome; dígale a Paco que se traiga una docena.

Saca de la registradora unas monedas, que entrega a la empleada.

Paca va hacia la cocina, con un ligero temblor en los huesudos y caídos hombros.

Enseguida se ve salir a Paco, secándose las manos en el mandil azul.

El inglés ha sacado del bolsillo amplio de su americana una revista londinense y se ha puesto a leer.

El camarero le prepara sobre la mesita el servicio.

En el mostrador de los pasteles se sigue discutiendo el problema de la abolición de «salidas». Las vacaciones estivales no implican lo más mínimo el buen funcionamiento del servicio, por cuanto en el verano el trabajo se amortigua un tanto. Por lo cual, nada justifica la absurda supresión. Antonia, como suele, sonríe resignada. ¡Bueno! ¿Bueno? Sí, es muy cómodo aguantarse con todo; cómodo para «ellos», los de arriba. Ya no falta más que rebajen los salarios y aumenten la jornada de esclavitud; y contando con la pasividad de las empleadas es de temer que lo intenten el mejor día. Otra vez se habla de protestar. Felisa, aunque débilmente, apoya la protesta, sugerida por Trini; no le afecta gran cosa la abolición: su novio hace el servicio militar, y sus fiestas, transcurridas en el cuchitril giboso de una portería, al lado de una anciana pariente, no son ciertamente perspectivas brillantes; aquí, al menos, se pasa más distraídamente el tiempo, aunque se trabaje. Matilde, aunque tampoco siente su vida complicada con la supresión —los chillidos de su madre con los pequeños, las carreras de éstos, el griterío, los gruñidos de los acreedores que desfilan por su casa, no son cosas amables, por cierto—, apoya la protesta por solidaridad, por convicción; únicamente Antonia retira su voto: ha sufrido demasiado durante sus largos años de servicio, de adhesión a la casa y a su reglamento, para exponerse a perderlo todo ahora, cuando la juventud ya está lejana. Bien, resignarán la protesta; de lo contrario, Antonia quedaría en una posición nada airosa respecto al resto de sus compañeras; y, verdaderamente, la cosa es soportable, si bien se mira. Total, son dos meses; además, la perspectiva de un despido en unos momentos en que la crisis de trabajo se agudiza en el mundo entero, no es nada agradable. Este último argumento, esgrimido por Antonia, disipa el deseo reivindicativo de Matilde: son veintiuna pesetas a la semana; una porquería; pero cuando no hay medios de disponer de un salario más elevado... Todo se queda en palabras y en protestas baldías, como siempre.

El inglés, que ha consumido su desayuno, sigue leyendo su revista.

Se oyen los porrazos que el cocinero descarga en el sótano sobre el hielo, con un mazo de madera.

Zumban los ventiladores, arrojando un viento calentón y duro sobre las cosas.

Felisa, que acababa de colocar en las vitrinas las bandejas colmadas de pasteles, aparta un plato de merengues, bañados de chocolate, deshechos y feos.

Al poco, el inglés se retira.

No se ha vuelto a hablar más del asunto de la supresión de «salidas». Felisa ha estado toda la mañana canturreando por lo bajo, como de ordinario; Antonia, con su sonrisa bobalicona en los labios delgados, resignada, sometida a todo desde hace muchos años; sólo Trini ha demostrado su disconformidad, continuando su sistema de sabotaje por todos los medios a su alcance.

En el mostrador de enfrente parece no haber alterado los nervios la orden. La encargada sigue en su puesto, con los ojos azules, redondos, antipáticos, fijos en todo. En cuanto a Paca, ¡oh!, ésa, con su cara pálida y humildita de beata, cualquiera adivina lo que piensa.

9

El ambiente del salón es áspero, caliginoso, pesado. Sin embargo, no falta público dominguero, gustoso en aspirarlo, en envenenarse con él. Sobre todo ese viudo, con sus dos niños enlutados e iguales. Ese viudo con sus dos criaturas es algo que subraya la presencia del domingo en el salón de té, tanto como el aumento de género en el escaparate. Durante algún tiempo vinieron con la mamá, una señora muy gruesa y muy blanca, no fea del todo. Siempre solía pedir un vaso de leche y un *brioche*; pero antes de formular el pedido en firme al camarero solicitaba con los ojos al esposo un signo de aprobación. En el verano se permitían su merengada y sus galletas de vainilla, o su mantecado, que ingerían a pequeños sorbos prudentes. «Cuidado, Tele; retenlo un poquitín en la boca, que está demasiado frío». A pesar de tantas precauciones la esposa falleció demasiado joven. El viudo guardó un luto prudente, como conviene a todo buen esposo, al cabo del cual reapareció con sus dos niños, un domingo, naturalmente. Desde entonces no han vuelto a regatear su presencia en ninguna ocasión.

Siempre hacen idéntico pedido al mozo: dos merengadas y una ración de galletas, que se dividen fraternalmente. En cuanto a las merengadas, hacen lo propio: el padre consume una de ellas y la otra la liquidan entre los dos niños. Es digna de admiración la pericia con que simultanean su paja amarilla en la nieve dulzarrona del vaso. Cuando terminan se ponen a leer por riguroso turno, que ambos respetan, una de esas idiotas revistas infantiles con las que se tiende a sumir a los hombres en la más profunda sima de la estupidez desde sus más tempranos años. Suele hacer acto de presencia, también las tardes dominicales, una señora con un niño. Antes de entrar se la ve advertir algo al chico ante la puerta, al tiempo que busca o comprueba algo, tanteando su bolso de mano. El chiquillo hace invariablemente un gesto de asentimiento, y una vez dentro del local adopta un desdeñoso aire de suficiencia. Cuando el camarero se acerca con la servilleta blanca cuidadosamente plegada encima del brazo, la señora pide «una naranjada, y al niño, un pastel de crema. ¿No, Ricardín?». «No; a mí, un bocadillo de jamón y un vaso de leche». La madre aprueba ante el camarero; pero cuando éste se aleja le da al chico un puntapié por debajo de la mesa, sin dejar de sonreírle, porque ante todo es una señora distinguida y sabe cubrir las apariencias como cumple a una persona de su condición.

Los fraques asalariados apenas pueden reparar los domingos en tales casos curiosísimos, a causa de su actividad ininterrumpida.

La puerta de la cocina gira incesantemente, produciendo un crujido molesto. En el mostrador de los fiambres se despliega una actividad inusitada. Paca prepara *sandwichs* y baja de cuando en cuando al sótano a buscar algo a la frigorífica. La encargada taladra los *tickets* a los camareros y comprueba los servicios que éstos portan.

En el mostrador de los pasteles —¡cosa rara!— el ocio inmoviliza los miembros perezosos de las muchachas. Antonia permanece en pie, con las manos enlazadas atrás; Matilde y Trini están juntas, silenciosas. Felisa, sentada, se hurga entre las uñas con un alfiler.

Con frecuencia, un camarero se acerca y demanda concisamente:

—Una de soletilla.

—Seis pasteles.

—Dos ensaimadas.

Una de las muchachas sirve el pedido. Otra lo anota en un *block*: «Salón: Una de soletilla», etcétera. Y de nuevo se reintegran a su puesto, inmóviles.

Las batas negras, los cuellos almidonados, se recortan del plano ocre del fondo.

Cae la tarde, pesada y caliente.

De pronto, algo singular surge en la puerta de la calle; algo que atrae todas las miradas del interior, que hace distender los músculos del cuello y replegarse los párpados grasientos. Una persona avanza hacia el mostrador de la pastelería. Viste un atavío liviano de suaves sedas, estampadas de anchos crisantemos amarillos y azules. Sus pies, demasiado grandes. Sus codos, demasiado puntiagudos, oscuros y arrugados; sobradamente acusados los músculos del cuello. Algo extraño. Que avanza.

—Deme un pastel.

—¿Para llevar?

—No.

Aquel ser que acaba de romper con su presencia la inmovilidad espesa del ambiente —en el cual la curiosidad hace distender los cuellos hasta el dolor— alarga unos dedos descarnados y rojos, como de sirvienta endomingada, y toma un pastel bañado con huevo y con una encarnada cereza en su centro. Lo engulle lentamente, mirando a través de los cristales hacia el exterior, donde comienzan a evolucionar los verdes y blancos eléctricos del *cinema* de enfrente.

No se sabe cuándo —probablemente inmediatas a la aparición del extraño ser— han aparecido en el vano de la puerta de la calle varias cabezas greñudas y numerosos ojos sin color. Y de pronto, una voz chillona grita:

—¡Es un hombre!

Aquel ser permanece inmutable, masticando su pastel. Sólo las aletas de su fina nariz sufren un leve temblor.

—A ver, señorita: haga el favor.

Antonia le alarga el pastel que pide.

—Gracias.

Su voz no es sospechosa.

—¡Es un hombre!

Esta vez, un camarero se acerca a la puerta y expulsa a los chicos:

—¡Largo!

Aquel ser aún se come dos pasteles más. Y cuando los chicuelos han desaparecido, paga y sale. Más deprisa que entró…

Ya en la calle, llama al primer *taxi* que cruza.

Todo adquiere de pronto un aspecto distinto. La quietud ha sido sustituida por una vivacidad de movimiento sorprendente. El silencio es roto por un fuerte murmullo de conversaciones. Es el caso de esos barracones de las verbenas, los «Rosita: para un niño», a los que la presencia de una moneda infunde una fuerte vitalidad.

Y aún hay otra sorpresa dominical. Hacia las ocho de la noche, cuando el «distinguido» comienza a establecer vanos en el local. Felisa emite un grito agudo y da un salto:

—¡Un ratón!

Se produce una violenta conmoción. Dos o tres señoras se ponen en pie. Los hombres sonríen. En general, el disgusto se manifiesta en todos los presentes. Cada cual busca con la vista en sus pasteles la huella de los roedores. Varios pedidos quedarán intactos sobre las mesas.

La confusión de los empleados es indescriptible.

La encargada, más pálida y seca que de costumbre, cruza despacio hacia el mostrador de los pasteles, con una fría sonrisa en los labios resecos, enseñando los dientes.

—¿Qué ha pasado?

Felisa, muy encarnada, titubea:

—Nada; que yo…

—Ya lo sé: que usted, en venganza por haber sido despedida, trata de empañar el buen crédito de la casa. Usted sabe perfectamente la pulcritud que preside la limpieza del establecimiento. Sus palabras sólo obedecen a un deliberado propósito de venganza. Su conducta es eminentemente reprobable. —Y añade por lo bajo—: Es usted una idiota.

El público parece olvidar pronto el incidente. No obstante, pueden verse al final, sobre las mesitas, bandejas de pasteles intactas.

Las empleadas permanecen silenciosas y confusas. La actitud de la encargada ha paralizado en absoluto sus miembros y apretado sus mandíbulas una contra la otra.

El súbito rojo de Felisa ha descendido hasta la enfermiza amarillez de la cera. Sus manos, frías, se sienten acometidas de una excitante actividad: cortan papel, ordenan las bandejas, retiran los cubiertos y los platos sucios. Parece como si quisiera purgar de este modo su falta imaginaria.

En tanto, el ratoncillo ha cruzado varias veces, audaz, entre las piernas de las muchachas, a la búsqueda de las migajas diseminadas en el suelo.

Otra vez las nueve en el salón vacío. El conmutador de los ventiladores se hace girar por orden de la encargada. Cuando no hay público en el local, el vuelo del viento artificial se detiene y entonces el calor pesa más y la atmósfera es más densa, y un peso abrumador se aplasta sobre los hombros débiles de las empleadas.

Felisa es la primera en desfilar.

Al pasar por el mostrador de los fiambres, la encargada la detiene:

—Ya sabe usted que está despedida. El sábado pase a recoger su salario.

Felisa sigue hacia la cabina inmunda a cambiarse de ropa. Sin una palabra. Sus mandíbulas siguen apretadas hasta el dolor.

Dentro del cuartucho, Trini se abotona el uniforme:

—¿Qué te pasa, chica?

Felisa comienza a desnudarse sin responder, con la mirada fija, extática.

—¿Qué te ha pasado?

Felisa se desploma encima de un montón de zapatos malolientes y de su propio uniforme. Su cabeza rebota en la puerta, muy fuerte: un golpe formidable que hace exclamar a la encargada:

—¿Qué harán esas burras?

Pero enseguida ensaya un gesto irresistible: ahí está en la puerta, con su eterna sonrisa aurífera, «su» cliente del pastel de grosella.

10

La cocina del establecimiento es reducida y oscura. El ambiente se renueva por un agujero estrecho y vertical que recibe la escasa luz de un alto patio. Frente al ventanillo sube y baja incesantemente el negro contrapeso de un ascensor. Dentro, en armarios oscuros, se elevan varias pirámides de platos, tazas y vasos de diversos tamaños. Las dos puertas de acceso al salón funcionan libremente al impulso de la punta del pie de los camareros. Constantemente ilumina la cocina una luz rojiza y cansada.

Paco, el cocinero, va perdiendo lentamente la vista en esta insalubre mazmorra; sus ojos, que no pueden resistir los resplandores del sol, están sumamente debilitados.

A esta primera hora de la tarde apenas hay movimiento en el salón —sólo la tertulia de artistas de *cine*—, y Paco aprovecha para empaquetar azúcar encima de una ancha mesa de madera. Está sentado y soñoliento. Con el objeto de que le llegue el aire de los ventiladores ha entreabierto una de las puertas y la ha encajado con una cuña de papel. Lo cual beneficia apenas el ambiente de la cocina; en cambio, el zumbido de los ventiladores se hace más perceptible y molesto.

Antonia llega del salón con su caminar de pato pesado y coge una bandeja de cristal del armario:

—¿Estará usted asado, Paco?

—Ya no lo noto.

—¡Qué calor! ¿Se enteró de lo de Felisa?

—Sí... ya. Es una canallada. No hay derecho...

—Ya ve... Verdaderamente, se podían haber arreglado las cosas de otra forma.

—Si la tía ésa se hubiera callado la boca...

—Eso es. Quizá el público no se hubiera dado cuenta; pero fue la primera en vociferar.

—El escándalo que armó, la muy perra; yo no estaba, pero me lo han dicho.

—Yo lo siento mucho. Ya llevaba tres años en la casa. Tan prudente y tan trabajadora... Todo por la mierda del ratón.

—¡Como si fuera la primera que dice que hay ratones en la casa!

—Sí...

—Ya ve: yo, aquí..., a montones. Ya les echo pan como a los pájaros.

—Esta mañana nos hizo levantar todo: había dos o tres cajas de cartón para guardar los huevos de chocolate que se trajeron por la Pascua, todas roídas, y los huevos lo mismo; de uno de ellos no han dejado más que un pedazo.

—Ya ve si se los podían haber dado a ustedes.

—Ya sabe usted lo que son, Paco: prefieren tirarlo. ¿Se acuerda usted de aquellos dulces de frutas que quedaron hace dos años, de la Nochebuena, y también hubo que tirarlos, todos podridos por la humedad? Antes de que se acabaran de echar a perder comimos alguno, a escondidas; pero casi todos fueron a la basura. Prefieren tirarlo antes que dárselo a una.

—Son una gentuza. Pero, sobre todo, esto de la Felisa... Más le valía a esa tía no hacer lo que hace, que es una poca vergüenza.

Antonia sonríe prudentemente.

—Además de lo de Cañete, lo de ese comandante, o lo que sea, que viene todas las noches. Ya no le falta más que citarse con los tíos en los morros de uno. Ya que no aguanta uno cabronadas con el público... Esto va a ser peor que una casa de citas. Y aún es ella la primera en llenarse la boca con que esto es una casa distinguida.

Antonia sonríe, ambigua. En cuanto a «esos» asuntos, ella es sumamente discreta. Observa y calla. No interviene jamás en los comadreos de la casa ni permite que en su presencia comenten las muchachas ciertas cosas. Pero sus ojos claros, bobalicones, saben captar más de lo que aparentan.

Entra Cañete, abotonándose la americana del frac. Trae unos papeles en la mano.

—Buenas tardes. Oye, Paco: ¿tú tienes por aquí un tintero?

—Sí; ahí, en el primer armario.

Cañete coge el tintero.

—Voy a hacer unas listas de los precios de los helados italianos.

—¿El de los helados es un tío con unos bigotes muy grandes, que estuvo aquí anoche, no?

—Sí; vendrá mañana. Ya están encargados unos envases individuales.

—¿Y eso gustará? —pregunta Antonia.

—Al público le gusta todo lo extranjero.

—Hablábamos de la Felisa —dijo Paco.

—¡Ah! —exclamó simplemente el camarero.

—Es una canallada.

—Bueno, es que la faenita, estando el salón lleno... Claro, que si uno supiera las consecuencias que puede tener cada cosa que hace...

Cañete salió.

—¡Qué vas a decir tú, mariconazo!

—Hasta luego, Paco.

Antonia sale con la bandeja de cristal.

Afuera todo sigue lo mismo.

La encargada hojea una revista. Paca prepara *sandwichs* con los ojos adormilados. En una mesa, Cañete escribe sobre las cartulinas. Es el camarero más instruido y al propio tiempo un hábil pendolista. Es el encargado de redactar las gacetillas de propaganda que se envían a los periódicos. Su superioridad intelectual y física sobre el resto de los camareros, nada esbeltos ni jóvenes, atrajo desde su ingreso en la casa las miradas de la encargada. Pero la encargada es bastante frágil de sentimientos, aunque, desde luego, su privado siga siendo Cañete. Cañete anota títulos y cifras en las tarjetas, erguido y serio. Más que un criado redactando órdenes superiores parece un gran señor extendiendo invitaciones a sus amistades para una gran *soirée* selecta.

En la tertulia de actores, establecida junto al mostrador de los pasteles, se hacen planes, se habla de positivos fracasos, se comenta, se inventa y bosteza. Está el director, gordo y calvo, nada joven, que espera «su hora» («Cuando uno tropiece con buenos artistas…»); el viejo cómico, que «se ha pasado» al arte joven; el «barba» de los papeles respetables; el galán, que también aguarda «su hora», con el advenimiento de un director competente; el que ha estado en Hollywood haciendo *extras* y presume de su amistad con las más famosas *estrellas* y de sus corbatas, adquiridas en la célebre ciudad del *cinema*; el *cameraman*, el epigrafista, etc.

Cuando Antonia cruza a «su» mostrador, el que parece presidir el grupo se da aire con un periódico y dice:

—Sí, perfectamente, de acuerdo; yo no niego el talento del actor: no soy tan idiota; lo que he dicho y sostengo es que la película es el director. ¿Hablas tú de la Dietrich? Bien. ¿Has visto alguna vez a la Dietrich sin Stemberg?

—La Dietrich, con Stemberg y sin él, será siempre algo formidable.

—En cambio —digo yo—, en cambio ahí está la *Romanza*, de Einsenstein; ahí están las películas soviéticas de masas. Yo no puedo reconocer como «actores conscientes» a un árbol, un lago o un campesino más o menos intuitivo…

—Eso es negar al actor, hombre.

—Esto es decir solamente que *El Ángel Azul* —ya que te refieres a un caso concreto— se hubiera hecho sin las piernas de Marlene Dietrich, pero no sin el talento de Sternberg.

Antonia no entiende nada de esto. ¡Qué ganas tienen «estas gentes» de sofocarse!

Matilde está despachando unos bollos a una mujer vestida de negro, una de esas mujeres del pueblo que tanto gustan de ser compadecidas. Va cada ocho días a ver a un hijo, a quien su viudez recluyó en un orfelinato. Enseguida le contó a Matilde la historia con voz llorona. Matilde le pone siempre en el paquete tres o cuatro bollitos más.

—Gracias, señorita.

Matilde finge no haber oído. Le molestan extraordinariamente los «señorita». Le avergüenza, sin saber por qué, que le agradezcan de viva voz un beneficio. Arroja en el cajón el dinero y se va al lado de Trini, que sentada levanta con un paño limpio la superficie de los bombones de una bandeja, excesivamente resecados por el calor.

Trini ha comenzado hace dos horas su jornada. Ahora trabaja de las dos a las seis de la tarde; luego, de las nueve de la noche a las dos o las tres de la mañana. Su madre la espera a la puerta, y a esa hora, como ya no circulan los tranvías, tienen que ir andando hasta los Cuatro Caminos. Trini sigue indignada contra el reglamento de la casa y su propietario. El despido de Felisa, injustificado, en el concepto de toda la dependencia, la exalta más aún.

—Si eso han hecho con ella, que llevaba ya cerca de cuatro años en la casa, ¿qué harían con una?

—Lo mismo. Aquí el buen comportamiento y la antigüedad no tienen ningún valor. Ya ves yo: ya va para dieciséis años; pues en cuanto me descuidara un poco…

Matilde ayuda a Trini en la limpieza de los bombones. No interviene en la conversación más que con monosílabos. Piensa en su situación. Que apenas ha cambiado. Su inquieto y penoso deambular cesó. Su paso es más firme y ha ganado en ritmo. Por lo demás, los alimentos han mejorado poco en casa y el ambiente, en general, sigue siendo el mismo. Su concepto de la vida no ha sufrido variación; al contrario. Su definición de la sociedad: «los que suben en ascensor y los que utilizan la escalera interior», se ha consolidado.

No se llega a una definición tan concreta sin una larga experiencia de la humillación y del dolor; sin antes haber tocado, haber sopesado el valor de cada una de esas dos mitades. Dos mitades que en un principio aparentan un solo cuerpo que no hubiera sido dividido aún: un solo cuerpo sólido, indivisible. Sólo en apariencia, porque la división existe: la división existe desde el principio, desde el origen de los siglos. Pero es que los pequeños ojos débiles, acostumbrados a las penumbras míseras, no conocen más que una de las mitades y no pueden comparar. Los pequeños ojos interrogantes que se asoman a los paisajes monótonos y feos —patios oscuros en los que flotan las humaredas y el polvo de las cocinas pobres— son demasiado puros, demasiado inexpertos; los matices que les son comunes apenas se distinguen unos de otros: colorido idéntico, guisos insípidos, vestidos antes usados por otros niños de mejor fortuna. Desde la alta ventana se ve jugar, en el patio estrecho, a lo que parece el compendio del Universo: un fragmento de la mitad oscura. Sus juguetes son pucheros viejos, palanganas agujereadas y otros desechos por el estilo. Parecen no existir en el mundo otros juguetes que «éstos». Pero se sabe que existen. Se han visto alguna vez en algunos escaparates o en la mano de algún niño «rico» —surge la mágica palabra divisoria—. ¡Pero al pequeño le parece tan natural que los juguetes sean de quien los puede pagar! Como asimismo juzga lógico que sus manos y las otras manos de la pequeña legión que grita y gesticula en el patio estén siempre amoratadas y agrietadas por el frío. Porque las manos grandes de «los mayores» también son coloradas y defectuosas. Pero sucede que una vez se ve una de pronto ante los ojos unas manos sonrosadas que despiden grato perfume —uno de esos tropezones casuales que sobrevienen en los paseos públicos—, y entonces comienza a vislumbrarse, aunque confusa e indeterminada, la línea divisoria. Según se crece la línea va adquiriendo relieve, concretándose. Y cuando una se incorpora a la vida activa, las dos mitades se le presentan de pronto ante los ojos; es decir, una de ellas, la brillante; pero es que la oscura está tan asimilada en una, forma una parte de ella de tal modo, que es preciso abrir bien los ojos, enfrentarse con la oposición, y entonces... Parece entonces que nace algo, cuando en puridad es que crece, que adquiere solidez. Eso ocurre, por ejemplo, cuando se llega al gran taller, donde todos le mandan a una; donde hay que aceptarlo todo; donde, a la menor cosita, surge la amenaza del despido. Un despido. ¡Bueno! Se ganan cincuenta céntimos diarios. Tres pesetas semanales. Pero «se aprende a ganarse la vida». «El aprendizaje hay que pagarlo». Pagarlo en lágrimas y en humillaciones. Porque hasta la pequeña hija de «la maestra» gusta de tirar su chinita. La hija de «la maestra» llega cada tarde ante la puerta en el confortable autobús del colegio francés, se mete de un salto en el ascensor. Y al entrar le arroja a la pequeña aprendiza el sombrero y el cartapacio de los libros: «Toma, chica; lleva esto adentro». «Adentro» es la residencia íntima de «la maestra», separada del taller por un largo pasillo sombrío. «Adentro» hay blandos sillones de piel, hermosos cuadros, armarios repletos de loza fina y cristal, y utensilios de plata sobre diminutas mesas de laca con incrustaciones de nácar. «Adentro» hay un ambiente grato y un calorcito amable. De ordinario huele muy bien a perfumes y a buenas comidas. Pero hasta las sirvientas son autoritarias y regañonas para la pequeña aprendiza. «Oye, llévale la merienda a la niña». «La niña» es mayor que la aprendiza, y hasta más defectuosa físicamente. La aprendiza le lleva la merienda al taller, donde suele refugiarse, mientras «mamá» permanece en el salón de pruebas, deseosa de oír los cuentos cochinos de las oficialas. La merienda suele componerse de un bocadillo con bastante jamón y un vaso de leche fría. El pasillo es largo y oscuro y la aprendiza tiene el estómago vacío. Pero ella, aunque es pequeña, conoce su deber. Si acaso, se aproxima el bocadillo a la nariz. No sucede otra cosa. Aunque, al volver el vaso a la cocina, la cosa cambia:

entonces la aprendiza sorbe el resto de la leche sobrante y se come las migajas del plato. Parece en esos momentos, después de haber sorbido la primera gota clandestina y devorado la primera migaja, que algo nace, que algo adquiere concreción. La línea divisoria aparece de pronto con todo su relieve, en toda su fuerza. De pronto se comprende que se odia a «la niña», y a la plata y al cristal de su comedor.

Y hasta el calorcillo reconfortable de su ambiente. Y se piensa de «ellos» todo lo peor. Lo agradable que les envuelve se desvanece. Sólo piensa una en lo feo. Se recuerda una súbitamente de aquella tarde que se atrevió a penetrar en el retrete de «ellos», cuando «la niña» acababa de salir. ¡Uf! Recuerda una que volvió al taller con una mano en la nariz (¡qué asco!) y que las oficialas se rieron: «La mierda de los ricos huele que apesta». La línea divisoria aparece en toda su magnitud. Aunque aún no se la sabe definir con palabras, se la *ve*, se la *siente* a cada instante. Particularmente al mediodía, durante el transcurso de la media hora de camino hasta casa, a lo largo de calles limpias, pegada a hileras apretadas de casas «grandes» de patios grises, cuyo piso de arena está limpio como si fuese de arroz. Ante gigantescas libreas asalariadas y enfáticas. Esos blandos olores exquisitos de las cocinas ricas; el sugerente calor que la envuelve a una al cruzar ante las ventanas de esas cocinas, recordándole que ha tomado a las ocho de la mañana una taza de café puro y un pedazo de pan correoso, y que son las dos de la tarde; recordándole a una que su hambre no data de unas horas ni de varios años, que es un hambre de toda la vida, sentida a través de varias generaciones de antecesores miserables. (Y en casa un plato de patatas con una raspa de bacalao). Y, de pronto, una vez, al solicitar una dirección de una de esas antipáticas libreas jornaleras: «Por la escalera interior». La definición cuaja en palabras. La línea divisoria de clases queda establecida (¿por tiempo limitado?) definitivamente.

Matilde siente como nunca el peso de su condición de explotada. La expulsión de su compañera la llena de pesadumbre. Lo legal, lo humano, hubiera sido protestar, haber exigido el reingreso de la empleada expulsada. Pero no se puede contar con la colaboración de las demás. Antonia, al cabo de largos años de humillaciones penosas, no ha logrado siquiera obtener de los superiores el reconocimiento de sus derechos, de empleada competente.

Trini está descontada: ni en hipótesis puede prescindir de sus veintiuna pesetas semanales; el jornal de su madre como friegaplatos no da ni para malcomer. En Paca no hay que pensar siquiera: ella, sacándola de sus «asuntos religiosos», no sabe otra cosa, ni le importa. No siente la más ligera curiosidad por conocer cuáles son sus deberes y sus derechos de oprimida. Por nada del mundo levantaría ella la voz a la encargada.

De los sindicatos, de las sociedades que luchan por los derechos de los trabajadores, dice que son «centros de corrupción» donde se incita a los obreros a la rebelión contra quienes «les dan el pan». De Matilde dice que tiene «espíritu revoltoso», porque justifica las rebeliones y los disturbios proletarios de la época. En cuanto a la propia Matilde: «Ya tengo destinado tu jornal de esta semana: siete pesetas al panadero y nueve al tendero, dieciséis, y catorce reales al lechero; ya ves: me quedan seis reales». Imposible. Es muy duro prescindir espontáneamente del triste plato de patatas con la raspa de bacalao. Muy duro. Sobre todo cuando la tragedia se extiende a una porción de chiquillos hambrientos, que devoran el pan como la más exquisita golosina.

Imposible. ¿Hasta cuándo?

—Oiga, señorita.

Matilde se pone en pie.

Ante ella hay un hombre alto, de cabello gris. Es un cliente asiduo, que suele concurrir al atardecer acompañando a una joven y a una anciana.

—Señorita: le voy a dejar un recado para la señorita que viene conmigo por las tardes; una señorita gruesa...

—Sí; que se sientan en esa mesa de ahí enfrente —interviene Trini.

—Exacto, señorita. Pues me va a hacer el favor de decirle cuando venga —ahora se dirigía a Trini—, que me es imposible esperar más tiempo y que tengo localidades para luego en la Ópera.

—Muy bien.

—Gracias, señorita.

Saluda muy atento. Sale. Aún se vuelve otra vez:

—Dígale que las localidades son para las seis y media.

—Bueno.

—Gracias, señorita.

Sale. Ahora definitivamente.

Los pensamientos han aislado a Matilde durante cerca de dos horas. De pronto advierte que el salón se ha ido poblando y que Antonia está sirviendo los pedidos a los camareros.

—Chica, ¿qué te pasa?

—Nada.

—Estás ahí, tan callada…

—Pensaba en lo de Felisa.

—¡Valiente gana de pensar en cosas tristes!

—Oye —pregunta Antonia—, ¿conocéis al italiano de los helados?

—No.

Debe ser aquel que habla con la encargada.

El de los helados italianos es un hombre que aparenta más de cincuenta años, bajito, delgado, con un lacio bigote negro sobre el labio superior. Tiene unos brazos demasiado largos y unos pies grandes y charlotescos. Su traje, negro, demasiado grande. Su cabeza, estrecha, demasiado pequeña. Habla con la encargada, mostrándole unos vasos de papel impermeabilizado. A la encargada debe parecerle graciosísimo lo que le cuenta, porque no deja de sonreírle.

Al cabo de un rato, el italiano entra en la cocina.

Matilde advierte ahora que la joven para quien dejó el encargo el señor del cabello gris está sentada en la mesa habitual con la señora anciana, que debe ser su madre. Piensa en las dificultades que implica la realización del encargo. Piensa si será correcto indicar a un camarero que lo transmita; pero enseguida desecha la idea. «Mejor que la diga que aquí, en el mostrador de la pastelería, la han dejado un encargo». Y cuando se dirige a ella:

—Su papá me dijo que…

—¿Mi papá?

La joven sonríe, asombrada. Es bonita. Sumamente blanca. Algo gruesa; demasiado, quizá.

En su anular derecho reluce un brillante. Sus manos, redondas, tienen unas uñas afiladas teñidas con un barniz muy rojo. A través del *georgette* blanco del vestido se le traslucen los tirantes rosa pálido del sostén. Bajo la paja del sombrero negro le asoma un mechón de cabello rubio.

—¿Mi papá?

—Sí; ese señor alto, que viene con usted.

—¡Ah, ya!

Ahora ríe más.

—Sí. ¿Y qué?

Atenúa la risa. Se advierte que está arrepentida de su repentina hilaridad. La reduce a una sonrisa discreta.

—¿Qué dijo?

—Que no podía esperar más y que tenía localidades para la Ópera, para esta tarde.

—¡Ah, bueno! Muy bien. Gracias, señorita.

Matilde se siente abochornada. Comprende que se ha equivocado.

Ahora la joven del brillante sale acompañada de la anciana, a la que parece referir algo; sin duda, «la plancha» de «esa muchacha», la dependienta.

La anciana asiente a todo con sonrisa servil.

—¿Pero tú creíste en serio que el viejo es su padre?

—Sí; claro.

Trini ríe.

—Chica, estás en Babia.
Tercia Antonia:
—Matilde no está acostumbrada a estas cosas…
—Ya se irá acostumbrando.

11

Pero es difícil acostumbrarse a ciertas cosas.

Matilde se siente profundamente avergonzada de lo ocurrido. Claro que, cuando ella aceptó el encargo del hombre del cabello gris, ignoraba en absoluto el carácter específico del asunto. Pero aunque lo hubiera sabido no hubiese podido negarse. Realmente, la cosa no era nada complicada ni oscura. Un simple aviso. Bueno; al fin, una cita. Y a Trini le parece tan natural que una «se vaya acostumbrando». Trini es una muchacha excelente, lo que se dice una buena chica en todos los conceptos. ¡Es maravilloso cómo atrofia la necesidad el criterio moral, cómo lo deforma! Pero, bien mirado, ¿qué es la moralidad? Bueno, protesta Matilde; dile a la encargada, por ejemplo: «No estoy conforme con el ambiente de la casa; esas parejas que se refugian en los rincones estratégicos del salón para apretujarse más libremente no son un espectáculo nada ejemplar». Y ¿qué contestaría la encargada? Pues respondería, seguramente: «¡Ah! ¿Le parece a usted inmoral el ambiente de la casa, hijita? ¿No *puede* usted prestarse a *ciertas cosas*, tan naturales, por lo demás? En ese caso, lárguese. Y si tiene hambre, coma moralidad, hijita».

En una oficina no se anulan de tal forma el derecho al criterio y la personalidad. Una tiene un jefe inmediato, del que depende y al que hay que soportar gruñidos y chistes idiotas, que es el primero en celebrar. Cierto que si la dirección choca con el jefe inmediato éste paga su disgusto con la pobre auxiliar. Cierto que si el jefe inmediato sostiene un altercado con su cónyuge, si ha perdido un guante, si padece hipocondría o le duele un callo, lo tiene que sufrir la pobre dactilógrafa. Pero, por otra parte, una hace su jornada de siete horas dentro de una disciplina mesurada y una relativa libertad. No hay que luchar con un público caprichoso y absurdo. No se está obligada a tolerar otras impertinencias que las del jefe inmediato. Y en lo concerniente a la moral... De eso habría mucho que hablar. Según. Se dan casos verdaderamente repugnantes; casos en que las auxiliares se han visto obligadas a denunciar al jefe inmediato o a pedir, con un pretexto cualquiera, su traslado a otro departamento de la casa. Esto tratándose del jefe inmediato, que cuando es el director quien origina las cosas, entonces el problema es de fácil solución: no hay más que coger la puerta... Y, a comer moralidad.

Esto no es lo general en las oficinas, pero sí lo frecuente. En las oficinas y en las fábricas y en los talleres y en los comercios, y en todas partes donde haya mujeres subordinadas a hombres.

«El ogro», en ese aspecto, es algo excepcional. Llega las mañanas de todos los sábados, saluda fríamente a la encargada y enseguida comienza a liquidar los salarios. Las empleadas suben a recoger los jornales al despacho, que está junto a los retretes destinados al público, y únicos de la casa. El despacho se compone de una habitación pequeña, en la que hay un *bureau*, un silloncito ancho y un armario repleto de librotes de contabilidad. Ante la mesa se halla «el ogro» confrontando fechas, cifras y nombres. Por la frente roja le resbala el sudor. Su americana suele estar sobre el respaldo del silloncito y las mangas de su camisa recogidas por encima del codo. «Tome, firme ahí». La empleada estampa su nombre en la hoja nominal y percibe, a cambio, sus veintiuna pesetas. Exactamente veintiuna. No se recuerda que haya dado nunca una sola peseta de más. Ni de menos, tampoco. «El ogro» es riguroso y exacto para todas sus cosas. Y en lo relativo a los asuntos eróticos nadie se ha visto hasta ahora precisada a despedirse por causa suya.

Son las siete.

El salón está poco concurrido.

En una de las mesas hay una señora gruesa y empolvada, sorbiendo una naranjada muy correctamente. En otra, próxima al mostrador de los fiambres, se ha sentado un hombre de aspecto ordinario, al que acompañan dos jovencitas de facciones idénticas. Usan vestidos azul pálido y gorritas de seda blanca. Nada bellas. El atractivo de los quince años. Toman té y pasteles en abundancia. Comen con apetito, más que con glotonería. Al principio rehusaban las cosas con timidez; pero ahora comen sin tregua, contestando con inclinaciones de cabeza y monosílabos a las palabras del hombre. El cual las mira con suficiencia y deja en libertad: «Pobrecillas; que coman. Que se harten ahora, por si acaso…».

Detrás del escaparate se advierte el rostro familiar de Felisa, sus anchos hombros y su torso plano.

Matilde se lo indica a Antonia con un gesto:

—Fíjate.

—¿Querrá algo?

Felisa sigue mirando desde el exterior y sonriendo a las muchachas por encima de las cortinillas del escaparate.

—Antonia; asómese ahí, a ver qué quiere.

Antonia, sin abandonar su parsimonia, va hacia el escaparate y coloca en él una bandeja de pastas de té. En tanto, le pregunta a Felisa por señas si ha encontrado trabajo. Felisa hace con la cabeza un signo negativo y se despide con un gesto discreto.

Antonia se aparta del escaparate y corre las cortinillas.

—Se conoce que iba de paso.

—¡Ah!

—Dice que todavía no se ha colocado.

—Parece que está muy disgustada.

—Fíjate qué porvenir le aguarda en la portería, con su tía, de sesenta años, y una peseta diaria para las dos.

Matilde va a decir algo, pero ahí están la ahijada del jefe y su madre, una señora alta y delgada, con el rostro marcado por la viruela. Visten modestamente. La joven lleva un vestido de seda barata y una boina negra de perlé.

—Buenas tardes.

—¡Hola!
—Muy buenas.
Hasta hoy no se habían acercado al mostrador de los pasteles. Sus saludos —nada frecuentes y fríos— han sido hasta ahora para la encargada.
—Ya les habrá dicho la encargada que mi niña va a ser compañera de ustedes.
—Sí; algo me dijo —dice Antonia.
—Una temporadita, como castigo —la hija sonríe—. Se está preparando para maestra, ¿sabe usted?, pero no da una; es muy terca, no quiere estudiar. Y le he dicho a Fermín —«Fermín es «el ogro»—: «Voy a llevártela una temporadita al salón, a ver si se espabila un poco y se la desarrolla el amor al estudio. Cuando vea lo que es un oficio...».
Miente. Cierto que la joven cursaba unos estudios; pero el coste de los libros y las academias resulta excesivo para sus cortos medios económicos.
—Cuando una se cría en su casa a capricho no le da valor al dinero, y es lo que le pasa a Laurita. Usted no sabe lo que supone hoy una carrerita.
—¡Figúrese usted! —Antonia, adaptable a las ocasiones, como siempre.
—Pues Laurita, como si no —«Laurita» se mira en un espejo de mano—. Cateos y más cateos... No puede ver los libros ni en pintura.
—Sí; hay personas que no pueden ver los estudios ni en pintura.
—En cambio, las novelas, eso sí: no se le cae en todo el día la novelucha de las manos. A ver si aquí cambia...

—Bueno, mamá; ya has hablado bastante.

—Yo confío que será una buena compañera.

—¡Uy, mamá!

Laurita se guarda el espejo.

—Mañana empezará. ¿No se lo ha dicho la encargada? —sigue dirigiéndose a Antonia.

—No; no me ha dicho nada.

—Pues mañana vendrá.

—Muy bien.

No hablan más. Enseguida se apartan hacia el mostrador de los fiambres.

Las dos hermanas y el hombre de aspecto grosero se han levantado y salen en silencio.

Enseguida desfilan también Laurita y su mamá.

Entra un camarero.

Es la hora del relevo.

Las nueve menos cinco.

Entra Trini. Parece muy agitada. Al llegar junto a la encargada le dice alguna cosa y la encargada dirige miradas curiosas al exterior.

Trini sigue hacia la cabina. Cuando regresa, abrochándose el cinturón del uniforme, aún le dura la excitación.

—Chica, qué jaleo hay ahí fuera, en la Gran Vía.

—¿Qué pasa?

—No sé. No he querido pararme. Hay mucha gente reunida a la puerta de un *cine*. Algunos cantaban.

—¿Qué?

—No me he fijado.

—¿Habrá sido algún atropello?

—¿Y qué tiene que ver un atropello para que cantaran?

—¡Es verdad!

—Habrán roto algún escaparate —aventuró Antonia—; ayer rompieron uno en mi barrio: una gran luna de una jamonería.

—Hacen bien —dijo Matilde—; parece que la gente tiene ganas de provocar a los hambrientos con tanto llenar de jamones y chorizos los escaparates. Yo te digo que haría igual. Eso de tener hambre y encontrarse de pronto con uno de esos escaparates que se ven por ahí...

—Ya ves; pues en la tienda de mi barrio no pudieron coger nada: el hombre que rompió el cristal se hirió las manos y lo cogieron enseguida. Se había metido en un portal, medio desmayado.

—Porque no saben hacer las cosas. Eso se hace de otra forma: se van unos cuantos, y mientras uno se encarga de romper la luna, los demás agarran lo que pueden —dice Trini, más serena, al parecer.

—Tú te guaseas porque no te has visto nunca con el estómago enteramente vacío. —Matilde casi le chilló a Trini.

—¡Si lo digo muy en serio, tú!

—Yo lo que digo —intervino Antonia— es que el hambre debe ser algo horrible.

—¡Qué duda cabe!

—Mira; ahí llega Cañete, corriendo.

Se le ve pasar, veloz, ante los escaparates. Trae el sombrero en la mano. Al entrar, grita a los camareros:

—¡Los cierres abajo!

—¿Qué pasa?

—Una escaramuza. ¡Corred!

Todo el mundo ha palidecido un poco, según el sistema nervioso de cada cual. Un camarero sale con la pértiga encima del hombro derecho y los cierres metálicos van cayendo rápidamente, uno tras de otro.

La señora que tomaba su naranjada de un modo muy distinguido, se levanta muy excitada.

—A ver, quién me ha servido a mí. Quiero salir.

—Un poco de calma, señora. No sucede nada de particular: unas carreras. Pero no es prudente salir en este instante.

—Pero, ¿qué pasa?

Todas lo preguntan al mismo tiempo.

Las muchachas, en el mostrador de los pasteles, se agrupan:

—¿Qué será?

La encargada llama a Cañete:

—¿Qué ha pasado, Cañete?

La señora de la naranjada se acerca a Cañete:

—Sí; ¿qué ha pasado, joven?

—Si no sé, exactamente. Venía yo…

Antes de que al camarero le haya sido posible echar abajo el cierre de la puerta se meten dos o tres hombres en el salón. Sobre el último desciende el cierre con estrépito.

—¡Qué barbaridad!

Se oyen carreras en el exterior, gritos y bocinazos de automóviles.

La señora de la naranjada está excitadísima:

—Pero, bueno; ¿aún no se sabe lo que pasa?

—Si no es nada, señores —habla uno de los tres hombres que acaban de entrar—; todo es culpa de los alarmistas: no comprendo qué saca en consecuencia la gente con producir estas escaramuzas.

—Nada de alarmistas —interviene otro de ellos—; en este caso ha sido culpa de la fuerza pública, como de costumbre.

—No, señor. No es cierto. Lo cierto es que el público que salía de un *cine*, de asistir al estreno de una película soviética, ha dado gritos subversivos...

—Nada de gritos subversivos; no se ha hecho otra cosa que dar un viva a Rusia y comenzar a entonar *La Internacional.*

—¿Le parece a usted poco?

—¿Cómo? ¿Encuentra usted algo delictivo en ello? ¡Hombre! *La Internacional* es un himno legal.

—¡El himno comunista revolucionario! ¡El himno bolchevique!

—*La Internacional* no es un himno exclusivo de un solo partido; es el himno revolucionario de todos los proletarios del mundo, de todas las ideologías.

El que habla es joven, tipo de estudiante. Está un poco pálido, pero se expresa sin el menor titubeo.

—¡Ya decía yo que sería cosa de los comunistas o los anarquistas! ¿Pero cuándo va a acabar el Gobierno con toda esa canalla de bolcheviques?

El joven tipo de estudiante finge no haber oído a la señora de la naranjada.

—En todas partes, en todo país culto, son respetadas las ideas políticas, por avanzadas que éstas sean; aquí, el menor gesto de simpatía hacia determinado país desencadena contra el individuo no sólo las iras policiacas, sino del elemento civil de todo el país.

—Eso no tiene que ver en este caso concreto, señor mío; aquí lo innegable es que la gente salía del *cine* con los ánimos excitados y en la calle comenzaron a gritar...

—No es cierto —repito—; *nosotros* salíamos del *cine* muy tranquilos. Es verdad que alguno comenzó a cantar *La Internacional*; pero se le hizo callar prudentemente.

—Se callaron *al ver llegar* a «los de Asalto».

—Al contrario: «los de Asalto» lo que hicieron fue cundir la alarma. Sin su intervención no habría ocurrido absolutamente nada.

—Pero, ¿qué ha ocurrido al fin? —preguntó la encargada.

—Nada, señora; unas carreras. Ganas de alarmar al pueblo inútilmente...

—Ganas de alarmar por parte de la fuerza pública. Ganas de provocar, como siempre.

El joven estudiante (al parecer, estudiante) saca un cigarrillo y lo enciende nerviosamente.

Afuera han cesado los ruidos y las carreras.

Cañete levanta el cierre metálico a la altura de su cabeza.

—Ya está todo tranquilo.

Los automóviles van de un lado para otro, como de costumbre. Los anuncios eléctricos del *cine* frontero brillan como siempre. Pero se advierte menos afluencia de público en la calle y se ven más guardias de asalto que de costumbre.

—¿Se puede salir ya?

—No pasa absolutamente nada, señora.

—¡Jesús!

La clienta de la naranjada paga su consumición.

—¡Que siempre ha de estar una con el alma en un hilo!

Sale.

El joven que acaba de comentar en forma condenatoria el proceder de la fuerza pública sale muy deprisa.

—Buenas noches, señores.

A poco, el salón queda vacío de público.

Son izadas las cubiertas metálicas de los escaparates y de la puerta.

Los camareros comentan lo ocurrido, según su diversidad de criterios:

—Están bien estas cosas.

—¡Bah! Estos disturbios no hacen más que aumentar la represión gubernamental, sin aportar ningún beneficio al trabajador.

—¿Te parece poco el saber que la gente va despertando ya?

Antonia le dice a Matilde:

—¿Nos vamos?

Pero antes de que les sea posible poner en práctica su deseo se introduce en el local una mujer con un niño en los brazos. La mujer viste pobremente. Es bajita y delgada. El pelo, cortado y laso, le llega casi a los hombros. Es bonita y joven, pero está avejentada y marchita.

Al ver a esta mujer, el rostro de la encargada adquiere un tono rojo muy vivo y luego se pone sumamente pálido. Instintivamente mira a la puerta de la cocina, por donde acaba de desaparecer Cañete, y se coloca detrás de la registradora.

—Me parece que es la mujer de Cañete.

Antonia, que se disponía a marcharse, se detiene y finge consultar la lista de pedidos, que está en un cajón del mostrador.

—¿La mujer de Cañete? —pregunta Matilde.

—Sí —responde Trini—; ella es. ¡Mi madre!

La mujer se acerca a la encargada, rehuyendo los servicios de Paca, que le pregunta:

—¿Qué desea?

—Soy la mujer de Cañete.

La encargada palidece más aún.

—Bueno. ¿Qué quiere?

Habla sin levantar la voz ni la cabeza, hurgando en los departamentos de la registradora como si buscase algo de interés.

—¿*Todavía* me pregunta qué quiero?

La mujer de Cañete está tan pálida como la encargada. Sus ojos, secos, brillan de indignación. Titubea al hablar. Es la esposa legal de Cañete, y *la otra*, la querida de su marido, le pregunta simplemente: «¿Qué quiere?».

—¡No creí que tendría usted tanto cinismo!

Pero lo dice tan bajo, que ni Paca, ocupada en un discreto trabajo ocasional, oye sus palabras.

—Bueno; no dé escándalos aquí. Usted perdería más que yo, seguramente. Despedirían a su marido.

Intenta coaccionarla, para que calle, por medio de la amenaza.

—Piénselo bien. Yo salgo a las diez del salón. Ya lo sabe.

Los camareros se agrupan cerca de la cocina.

Todos esperan la llegada de Cañete, crispados por la curiosidad.

Y Cañete comparece, impecable dentro de su frac de asalariado.

Al advertir a su mujer, cambia de color.

—¿Qué haces aquí tú?

—Ya te dije que vendría.

—Chist; lárgate.

Habla muy bajo, con voz gutural.

—Anda; vete, Rosa. Todos están pendientes de nosotros. ¿No era esto lo que querías? Ya te has salido con la tuya. Vete.

—No; eso es muy cómodo para ti.

—Vete, Rosa; si pierdo la colocación, tú vas a perder más que nadie.

—Ya te dije que vendría.

Está metida dentro de un penoso laberinto, del que no sabe cómo salir.

La criatura ha empezado a llorar.

—Márchate, Rosa —Cañete empuja a su mujer suavemente hacia la puerta—. Anda. Ocúpate de tu hija.

—Bueno, me voy; pero ya has visto cómo sé el camino.

—Bien. Ya hablaremos de esto en casa.

La acompaña hasta la puerta y permanece en ella hasta verla desaparecer a lo lejos.

La encargada se bebe un vaso de agua helada y luego mira a todas partes con indiferencia.

—¡Pobre mujer!

A media voz. Sonriendo a su propio triunfo. ¡Bueno! Ha sucedido lo menos que podía suceder. ¡Qué mujer tan estúpida!

Antonia y Matilde se despiden de Trini. Se dirigen hacia la cabina.

—Hasta mañana, Trini.

—Hasta mañana.

Cañete entra, se sienta ante una mesa y despliega un periódico.

—¡Recristo con la nochecita!

12

Laurita es demasiado gruesa, pero el uniforme negro la estiliza un poquitín, le favorece. El cuello almidonado se le cierra bajo una breve barbilla carnosa y blanca. Un espeso flequillo rubio oscuro le subraya el azul de los ojos. Los ojos, sin ser hermosos, saben mirar de un modo atractivo, aunque falso. Pero ella lo que más parece estimar son sus piernas, a juzgar por lo corta que lleva la ropa y el cuidado que pone, al elegir sus medias, en que éstas «hagan unas piernas bonitas». Contra lo que hacía suponer su apariencia, es tratable, alegre y cordial. Muy frívola, muy aturdida. Demasiado coqueta; cree que todo el mundo está pendiente de sus gracias, de sus piernas y su flequillo. Eleva mucho la voz al hablar, una voz hueca un tanto artificiosa también, como su mirada. Adora el *cine* y los buenos vestidos, como corresponde a una muchacha de su tiempo. Ella se tiene por «moderna»; lo que ella llama una «chica moderna». Va sola al *cinema* con sus amigas y amigos, e imita los ademanes y las miradas de la «estrella» de moda. Ahora le corresponde a Marlene Dietrich. Pero Laurita está demasiado gruesa para adoptar esas difíciles aptitudes felinas de la Dietrich. En cambio, el asunto de las cejas no implica grandes trastornos; es cuestión de unas buenas pinzas y un buen lápiz. Lo verdaderamente imposible es la adopción del peinado; Laurita tiene el cabello, aunque rubio, enteramente laso, y un endemoniado flequillo que no acaba nunca de crecer. (La última «estrella» de «turno» fue Colleen Moore). Como dependienta, no representa mal su papel; es hábil, tiene agilidad para «moverse» detrás del mostrador y es melosa para el cliente. «Mire: tenemos unas pastas de té exquisitas. Y si dice que le gusta el *pudding*, puede llevar estos pastelillos «especiales», que son riquísimos. (Estos «especiales» son los pasteles hechos a base de los dulces averiados, los bombones resecos y los recortes de los *sandwichs*). Si la señora no quiere ir cargada, se le puede enviar a su casa».

Estas cosas, naturalmente, encantan a la encargada, que ha hecho de ella su empleada dilecta. Por esto y por su parentesco con el jefe supremo.

A Laurita le agrada la vida del salón; la encuentra «aceptable» y hasta «divertida». («¡Oh, esto es muy divertido!»). Ver al público esforzarse en demostrar su distinción; los tipos de las niñas cursis y sus mamás; las parejas que se sobiquean por debajo de las mesitas le encantan sobremanera. Está en todo. Ella es la primera en advertir el vestido ridículo o el sombrero costoso de cada cliente. Ella observa cosas en las que, a lo mejor, nadie había reparado en el salón. Por ejemplo, la admiración del muchacho que trae el género, hacia Matilde.

El muchacho que trae el género llega cada mañana y cada tarde con dos o tres tableros encima del rodete de fieltro oscuro que se pone sobre la cabeza. El muchacho que trae el género es bajito, muy delgado y tiene la nariz ganchuda como la de un loro y una boca ancha, de dientes blancos e irregulares.

Nadie repara apenas en él. Llega, deja sus tableros uno encima del otro sobre la silla, y se despide simplemente. Ha sido preciso que Laurita se incorporase a la vida activa del salón de té para que las muchachas se enterasen de la ternura que el muchacho de la nariz de loro profesa a Matilde. Es una cosa muy sutil, muy vaga. Un ligero matiz efusivo en sus «Buenos días, señorita Matilde». El muchacho parece muy tímido. Un día, al poco de su llegada al salón, le espetó Laurita: «¿Usted no se ha tragado nunca una mosca, verdad?». Antonia rio mucho y el joven se turbó en extremo. «Bueno; vosotras reíros; pero está por Matilde». «¿En qué lo notas?», le preguntó Antonia. «¡Ah! Yo lo noto. Eso salta a la vista. Yo entiendo bastante de estas cosas».

Laurita tutea a todas las empleadas, hasta a Antonia. A la encargada la excluye del trato democrático; pero, en cuanto puede, se burla de ella con las otras. La llama «la gallina». Está pendiente de cada uno de sus gestos, en particular de las miradas que dirige a Cañete cuando le taladra los *tickets* de cada servicio. Esperanza, la asistenta, le ha impuesto del «asunto» y de la «visita» de la mujer de Cañete. («¿Y por qué no sacó a ese putón a rastras?»). En pocos días se ha documentado del nombre y producto predilecto de cada cliente. Es muy golosa y siempre suele tener un caramelo o un bombón en la boca. También se lleva a casa lo que se le antoja: pasteles o bombones de licor, por los que parece sentir preferencia.

La encargada no advierte, o finge no advertir, estas cosas. Ya tiene bastante que hacer con vigilar al resto de las empleadas. Además, no conviene indisponerse con ella: sabe demasiado, seguramente. Tiene frecuentes «apartes» con «la bruja esa de la asistenta».

Desde la «visita» de la mujer de Cañete al salón, las relaciones de éste y la encargada parecen haber sufrido una desviación o haberse entibiado; quizá el temor de una nueva «visita» de la «pobre mujer». En cambio, sus insinuaciones con el cliente del pastel de grosella son más ostensibles cada noche. Ahora el comandante, o coronel, gusta de «echar con ella algún parrafito». Hace dos o tres fechas la obsequió con invitaciones para una *kermesse*, e incluso la acompañó. Alrededor de esto se hacen varias hipótesis, pero la que más parece aproximarse a la verdad es la de que todo esto no es más que un juego de la encargada para más atraerse a Cañete; con el cual, según expresión de Esperanza, la asistenta «está enchulá».

Cañete finge no advertir estos manejos de la encargada con el militar; pero se ha observado que, cuando el cliente del pastel de grosella llega cada noche, sube al retrete o se mete en la cocina si tiene vacío el turno.

Laurita dice, respecto de los dos, que «se están dando un mutuo castiguito negro».

Ya nadie habla de la supresión de «salidas». Según avanza el estío, la clientela disminuye. Únicamente la tertulia de actores cinematográficos no ha sufrido mengua en sus miembros. Siguen cada tarde junto al mostrador de los pasteles, sumidos en sus interminables discusiones de siempre, monótonos, pesados. Proyectan un *film* sonoro, que comenzarán a rodar a principios de otoño si las negociaciones con el socio capitalista, un fabricante de quesos holandés, se ultiman favorablemente.

Ahora han colocado bajo la plancha de grueso cristal que cubre el pie de cada mesita del salón, una tarjeta azul con los nombres y precios de los nuevos helados italianos, elaborados por el hombre del traje negro demasiado ancho y la cabeza demasiado pequeña.

El italiano se llama Pietro Fazziello y es natural de un pueblecito próximo a Florencia. Es viudo. Su hijo único, un joven de veintitantos años, profesa ideas políticas «avanzadas», por lo cual sufre innumerables persecuciones. Las discrepancias ideológicas le compelieron a huir del lado de su padre hace cuatro años, y ahora «anda por ahí, de un lado para otro de Italia, perseguido como un perro rabioso». La cordialidad bobalicona de Antonia le ha inspirado al florentino una gran simpatía. En cuanto dispone de un instante de libertad, se acerca al mostrador de los pasteles y le dirige algunas palabras, siempre relativas al mismo tema: su hijo. Y cuando las dependientas le preguntan por él, la gratitud y la ternura le invaden, haciéndole aún más blando y sumiso de lo que ordinariamente es. Por las mañanas se le ve trajinar en la cocina y en el sótano, en mangas de camisa, con los brazos desnudos y un enorme delantal blanco atado a la cintura. Pero su capacidad material es bien aprovechada en el salón de té. Durante las horas de la tarde sustituye a un camarero que disfruta sus quince días de vacaciones. Le han hecho confeccionar un frac, con el que su circunspección queda más acusada. Y, por estética, le han presionado para que suprimiera su hermoso bigote. Con lo cual le ha quedado al descubierto una ancha mella en la encía superior, que antes se hallaba enteramente oculta. Se le conceden ciertos privilegios sobre el resto de los empleados de la casa; goza de una bonificación en el jornal, y de cuatro horas de asueto por cada cuarenta y ocho de trabajo. Semanalmente recibe noticias de su hijo, y, generalmente, ese día se muestra más efusivo y propicio a la confidencia, especialmente con las dependientas de la pastelería. Últimamente el cartero le trajo una mala noticia: su hijo está detenido. Cuestión de unos días. Ya está acostumbrado a estas cosas. Una vez estuvo preso ocho meses. Ocupaba una celda húmeda, insoportablemente glacial. Constantemente le estremecía un frío intenso y desconsolador, que le constreñía a permanecer ovillado sobre el camastro horas y más horas. Cuando, al fin, salió de la cárcel, había contraído un reuma articular que aún se le reproduce cada invierno, atenazándole todos los huesos y doblándole el cuerpo como un arco. La nueva de la detención de su hijo no parece haber afectado mucho a Fazziello. Sólo sus ojos negros, medio adormilados, parecieron más entristecidos y lacios que de ordinario. Él sabe que su hijo estará pronto libre. No le asusta la cárcel; no siente el prejuicio de la cárcel. Hubo un tiempo en que la cárcel se le aparecía a Fazziello como una gran boca de innumerables dientes, formidablemente fuertes, poderosos, de los que una vez enganchado uno no es posible soltarse. La cárcel representaba todo lo bajo, lo feo, lo inmundo del universo; algo horrendo, después de lo cual ya no había otra posibilidad de redención que la muerte. Pero cuando vio enganchado en aquellos temibles dientes el cuerpo de su hijo, cambió bastante de criterio: lo modificó en absoluto. ¿Qué delito había cometido su hijo? ¿Qué daño había causado a la Humanidad? Había pronunciado en un mitin obrero ciertas frases, que la policía juzgó injuriosas para cierto político adicto al Gobierno. Había preconizado en público y en privado el derecho a la huelga. Había luchado por la consecución de un pedazo de pan menos mermado para él y para los de su clase; por una habitación más higiénica. Y ahora estaba en este agujero oscuro y mojado, agarrado a esos hierros, diciéndole a su padre: «No te apures, papá; ya ves que estoy bien. Saldré pronto. Cuídate tú, que hace mucho frío». Ahí está, ante esas paredes, que destilan una viscosa humedad maloliente, con una sonrisa optimista reflejada en el rostro velludo. Antes, su carita era menuda y sonrosada, y su voz, atiplada y débil, se quebraba al menor esfuerzo; ahora vocifera y gesticula en los mítines, su voz se ha endurecido y a su cara pálida le han brotado unos pelos espesos y fuertes. Ya sabe Fazziello que en las cárceles no todo es inmundo. Allí se hacina todo en confuso montón oscuro. Pero a la oscuridad le brotan resplandores de luz. «Pronto saldré, papá». Él lo dice y él no miente nunca. Por lo tanto, es una tontería entristecerse. Aún se reproducirá «la cosa» multitud de veces. ¿Hasta cuándo? ¿Es que «esto» va a ser eterno? ¿Esta lucha del hombre contra el hombre, del hermano contra el hermano?

—¿Qué le dice su hijo, Fazziello? —le pregunta Antonia.

—Que está detenido otra vez, pero que saldrá pronto.

Pero los ojos adormilados de Pietro Fazziello están entristecidos, están más apagados y lacios que de costumbre.

13

Este sábado «el ogro» trae un aspecto que aterra. De ordinario es brusco y autoritario, pero hoy su cara está más roja y sus ojos más espantados. Al entrar, se encara con la encargada:

—¿Qué hay?

—Nada, don Fermín.

—¿No pasa nada nuevo?

—No, señor; don Fermín.

—Bueno.

Deja el sombrero sobre la registradora y comienza a pasear por el salón.

Es la una de la tarde y el salón aparece desocupado.

Los dos camareros de turno están en sus respectivos sitios, tiesos como reclutas. Las dependientas, detrás de sus mostradores correspondientes, no permanecen inactivas: ordenan bandejas, cortan papel, etc.

«El ogro» pasea de un lado para otro. De pronto se detiene ante Matilde, que coloca fresas en el centro de unos pastelillos de nata.

—Vamos a ver: ¿qué precio tienen estos bombones?

—Catorce pesetas kilo.

—¿Así que, cuarto de kilo, valdrá?

—Tres cincuenta.

—¿Y los cien gramos?

—Una cuarenta.

—Una cuarenta. Muy bien.

Se aparta hacia el otro mostrador.

Matilde mira a Antonia, contrariada. «¡Qué estupidez de tío éste!».

«El ogro» le pregunta a la encargada:

—Aquí no hay ningún asociado, ¿verdad?

Su voz atiplada y ridícula se adelgaza al hablar de tal forma que la encargada apenas la oye.

—¿Qué dice, don Fermín?

—Nada. Suba usted ahora.

La encargada sube al despacho trás él, pero cuando baja al salón de nuevo su rostro no ha sufrido alteración alguna. No debe de haber ocurrido entre ellos nada singular.

Laurita lo comenta:

—¿Qué asuntos se traerá mi padrino entre manos?

—¡Qué sé yo! —exclama Antonia—. Parece que la encargada no da señales de preocupación.

—¡Bah! —continúa Laurita—; esa «gallina» es muy hipócrita.

—Bueno; lo que hace falta es que nos pague pronto, que es tardecito.

—Sí; eso es.

Laurita sube a cobrar su salario, como las demás empleadas, y baja haciendo resonar el dinero en el bolsillo del uniforme:

—Bueno; esto de cobrar es un encanto. Yo sólo estaba acostumbrada a soltar los cuartos.

Entra una anciana y se dirige al mostrador de los fiambres, y hace un encargo a Paca.

Entra una jovencita, vestida con una mísera bata remendada. Es muy bonita. De breve estatura. Sus tacones están muy torcidos. Un clavo, agujereando la suela de uno de sus zapatos, araña descaradamente el piso, produciendo un chirrido apenas perceptible, nada simpático. Pero la muchacha parece no reparar en estos detalles. Apretuja un periódico contra el pecho, en el que se inician dos senos puntiagudos. Se acerca al mostrador de los pasteles y pregunta:

—¿Me haría el favor si hace falta alguna chica?

—¿Alguna chica? —pregunta Antonia.

—Sí; para despachar, fregar vasos o lo que sea.

—Creo que no... No sé. Pero creo que no.

—En todas partes dicen lo mismo. Llevo toda la mañana de un lado para otro, y nada. Mire, aquí llevo el periódico... ¿Y no sabe de algún sitio donde hiciera falta?...

—¡Que yo sepa...!

Pero ahí está «el ogro». Baja sonándose la nariz muy fuertemente.

Matilde le dice a la muchacha que busca trabajo:

—Mire: ése es el propietario; diríjase a él.

La joven cruza el salón sin el más ligero titubeo.

Antonia le dice a Matilde:

—¿Por qué la has dicho nada? A ver si vamos a tener música.

—¿Por qué?

La joven «parada» se dirige al «ogro», que habla con la encargada, y le dice algo ininteligible. Él se vuelve a la chica muy brusco, como suele:

—¿Qué quiere?

—Quería trabajar.

De su semblante ha desaparecido toda timidez. Sus ojos han adquirido de improviso una rara dureza, de persona habituada a luchar y a que le sean denegadas las cosas.

—Trabajar —repite «el ogro»—. ¡Bueno!

—Mire, aquí llevo el periódico. Toda la mañana por ahí, de un lado en otro, y en todas partes me dicen igual: «No hay trabajo». «No hace falta».

—Bueno, pequeña; ¿qué quiere usted que yo le haga?

—Yo necesito trabajar.

«El ogro» mira a la muchacha muy fijamente.

—¡Vaya con la pequeña!

Los demás también están asombrados.

A Matilde y a Antonia se les ha desarrollado una gran simpatía hacia la jovencita desconocida.

—¡Qué chica tan decidida!

La muchachita desconocida sigue impasible ante «el ogro».

—Necesito trabajar hoy mismo.

Frente a la enorme figura del jefe eleva su insignificancia de pequeña proletaria inocente, su inconsciencia suicida.

—Mi padre está parado hace un año. Tengo cuatro hermanos. Mi hermana mayor está enferma. La semana pasada salió del hospital. Mi madre es asistenta. Yo no puedo ser en mi casa una boca más. No me importa lavar, o fregar, o lo que sea. Si no encuentro colocación, no volveré a mi casa. No sé dónde iré a parar con mis huesos; pero lo que sé es que a mi casa no vuelvo.

Da media vuelta y se dirige hacia la puerta de la calle. Sus ojos están llenos de lágrimas. Pasado el primer impulso de la desesperación, es blanda. Probablemente piensa que ha llegado demasiado lejos.

«El ogro» la llama:

—Bueno; venga acá, pequeña. A ver si podemos hacer un arreglo. No quiero cargos de conciencia. Vamos a ver, ¿usted qué sabe hacer?

—Yo, lo que sea.

—Lo que sea. Eso es muy elástico. ¡Lo que sea! ¿Usted qué ha hecho hasta ahora? ¿Dónde ha trabajado?

—Hasta esta mañana estuve en una tienda de comestibles, en Bellas Vistas.

—¿Por qué la han despedido?

—No me han despedido: me he marchado yo.

—Es igual. ¿Por qué?

—Me he marchado... porque me perseguía el dependiente. En cuanto nos quedábamos solos en la casa, ya me estaba persiguiendo.

—¿Con que persiguiendo?... Bueno, pequeña. ¿Usted sabe sumar?

—Sí; algo.

—Muy poco debe ser ese «algo». ¿Qué edad tiene?

—Voy a cumplir dieciséis para diciembre.

—Muy joven. Es demasiado joven. ¡Hum! ¿Dónde vive?

—En la calle Cartagena… En la Guindalera.

—Eso está muy lejos.

—Bastante.

—No me gusta que mis dependientas vivan a distancia de aquí, porque eso les sirve de pretexto para retrasarse a cada momento. ¿Dice que su padre está demás?

—Sí, señor; lleva un año parado.

—¿Qué es su padre?

—Electricista.

—Bueno, pequeña.

«El ogro» le pide a la encargada un papel y un lápiz, y entrega ambas cosas a la muchacha.

—Tome: escriba ahí su nombre y apellido, y las señas de su casa.

La joven lo hace.

—A ver. Vaya, tiene una letra bonita. Se dirige al mostrador de la pastelería.

—Oiga, Antonia: aquí hay una vacante, ¿no?

—Sí, señor, don Fermín; la de…

—Bien. Coloque ahí a esta chica.

Se vuelve a la muchacha:

—Venga usted mañana. Hala.

—Muchas gracias.

La joven se dispone a marcharse. Antonia la llama:

—Oiga, joven: si tuviera usted, por casualidad, una bata negra que le pudiera servir de uniforme…

—No, señora; no la tengo.

—Bueno; yo le traeré una mía, para que se la arregle.

—Muchas gracias. ¿A qué hora vengo?

—A las nueve.

—Gracias. Hasta mañana.

Se aparta y dirige una mirada a «el ogro», que se halla de espaldas hablando con la encargada, y se marcha muy deprisa.

Laurita parece asombrada:

—Yo no sé qué tiene hoy mi padrino. ¡Mira que quedarse con la primera que llega; él, que es tan «mirado» para el personal!

—Yo me alegro mucho —dice Antonia—. Me da mucha lástima de esa chica, no sé por qué. Luego, todo eso que ha contado de su familia…

—A lo mejor es un truco, Antonia —sonríe Laurita—. Tú eres una ingenua y siempre piensas bien de la gente.

—No creo que nadie vaya a sacar al fresco sus «trapos sucios», nada más que por capricho —intervino Matilde.

—Bueno, callad.

«El ogro» se dirige a la puerta de la calle, como suele, muy aprisa y con la barbilla en el pecho.

Después que ha salido, Laurita le hace una mueca:

—Anda por ahí, gordo.

Y se pone a comer bombones.

La encargada recuenta su salario y lo guarda en una cartera de hule rojo, que saca de uno de los cajones de su mostrador.

Pietro Fazziello sube del sótano. Sus manos rojas están muy húmedas.

La encargada le pregunta:

—¿Acabó la tarea?

—Sí. Ahora, a comer «el coci».

La encargada se ríe.

—¡Miren, qué madrileño tan castizo se ha hecho de pronto; ya sabe decir «coci» y todo!

El italiano se dirige a la cocina, a cambiarse de ropa. Muy lentamente. Está conforme con la vida, con las cosas. Su hijo ha sido puesto en libertad. Está trabajando, allá, muy lejos, en una pequeña ebanistería de una plaza alegre y risueña, donde juegan los niños y pían los pájaros. La vida no es tan triste ni tan fea.

Vuelve arreglado.

—Hasta luego.

—Que siente bien «el coci», Fazziello —le dice la encargada.

Y el italiano se ríe, mostrando el hueco negro de su mella.

Por lo visto, de la entrevista de la encargada con el jefe supremo no ha resultado nada sensacional. La encargada sigue en su sitio tan tranquila, trajinando tras del mostrador y dirigiendo de cuando en cuando alguna pregunta a Paca:

—Oiga, Paca: a ver cuántas latas de mermelada quedan.

—Voy a ver.

En las horas de silencio de la encargada —que son las más frecuentes—, Paca piensa en «sus cosas». También tiene su vida, su pequeña vida íntima. Bien sencilla. El salón y la habitación que tiene alquilada... La habitación que tiene alquilada está en alto. Desde su ventana se ven cruzar los pájaros, los aeroplanos y los gatos.

¡Qué asco de gatos! En algunas épocas se ponen insoportables; de tal modo, que ni dormir se puede. Y la vida no es más que eso: el salón y la guardilla. Las horas de asueto —cuando las hay— las pasa en un convento cercano a su casa. Se llega allí, se llama, una monja pega la nariz a la mirilla dorada de la puerta: «¿Quién?». Dentro, todo blanco, pulcro y tibio. Las monjas se deslizan sobre el piso encerado de las galerías como si no pisaran en él. Se habla a media voz. Se cuchichea. Hay allí muchas jóvenes de las más diversas edades y tipos: costureras, dactilógrafas, sirvientas, etc. En el verano se congregan en un amplio jardín, en el que predominan las acacias y los rosales; en los días de invierno se refugian en el interior, en una de las aulas de las externas, alrededor de los pupitres oscuros. A cada monja le corresponde un grupo de muchachas. En los grupos se juega a «la agujita», «de La Habana ha venido un barco...» y a otros juegos tradicionales; se cotillea discretamente y se comentan las cosas del siglo. Cada monja es árbitro y juez de «su» grupo. De su deseo, de su voz, dependen las muchachas: «Ese vestido que lleva usted es demasiado transparente». «Hay que cerrar ese descote». Las monjas «deben» saber cuanto ha ocurrido a «sus» chicas durante el tiempo —una semana— que han estado separadas; los lugares que frecuentaron; las personas que les fueron presentadas; qué pensamientos hubo en su mente y qué palabras en su boca; «deben» saber qué espectáculos y qué lecturas hirieron su retina y su sensibilidad. Y se oyen diálogos de este tipo: «¿Dónde estuvo esta semana, Pepita?», «El sábado estuve en el *cine*»; «¿En el *cine*, Pepita?», «Claro, madre»; «¡No es posible! Usted me lo dice por disgustarme». «Si no se lo cree... ¡Menudo chico salía! ¡Un tipazo! ¡Con unos besos que le daba a *ella*!»; «Uy, calle, calle; qué tremenda es!»; «¡La verdad!». Y de este otro: «¿Por qué no bajó ayer, cuando "la pedí", al locutorio?» —de una muchacha a una monja—. «No pude. Estaba muy ocupada». «Fue que no quiso». «La digo que no pude». «Que no la dio la gana de bajar. ¿Por qué bajó cuando "la pidió" María Sánchez?». «Cuando vino María Sánchez tenía tiempo disponible». «Mentira; es que cuando yo vine no la dio a usted la gana de bajar; porque "la otra" la interesa más que yo». «No me interesa más que usted, hijita; no se ponga así». «No voy a volver al convento. Se queda usted con "su" María, ya que la quiere tanto». Se dan estas escenas con frecuencia. Las muchachas, llevadas de su rara ternura hacia las monjas, cometen las mayores estupideces. Por ejemplo: apostarse ante las ventanas de su habitación durante las primeras horas de la noche y permanecer allí hasta ver extinguirse la luz eléctrica. «Ya se acostó la mía». E irse después tan satisfechas. Algo absurdo. Al final de la tarde se reza «el rosario» y luego se despide cada muchacha de la monja de su grupo hasta «dentro de ocho días». Las despedidas se componen de presiones de manos, frases tiernas y dulces promesas: «Que se acuerde mucho de mí, Enriqueta». «Ya sabe que no la olvido ni un momento, madre». El traslado de una a otra provincia, o país, de las monjas, origina serias conmociones espirituales y físicas entre las muchachas —de las más diversas edades—. Paca no pertenece a esta clase de temperamentos. En el convento se está bien. Las monjas son cariñosas; un poco intransigentes, es cierto; pero ella —Paca— no es lo que suele decirse «una chica moderna»; por ejemplo, «como las del otro mostrador»; en particular, «la loca ésa de Laurita». A ella «no se han visto nunca obligadas las monjas» a ponerle una tilde tocante a su indumentaria y a su proceder en la vida. «Allí» se pasa bien. Se juega y se reza. Y no se gasta dinero. Paca es sumamente económica. «Soy sola y tengo que mirar por mí misma». Con estas palabras justifica su rapacidad, su retrogradismo, que se santigua ante los avances de la civilización.

14

Ya casi se ha averiguado el asunto que motivó la excitación que aparentaba «el ogro» el otro día. Esta mañana, la encargada les preguntó a los camareros si estaban asociados o pertenecían a alguna entidad obrera. Ellos denegaron. Más tarde les relató algo relacionado con su pregunta. Se trata del caso siguiente: En un mitin de izquierda, celebrado en la casa social de un sindicato perteneciente al ramo de mozos de restaurantes, cafés y similares, fueron pronunciadas algunas palabras que el policía de turno juzgó ofensivas para el régimen, efectuando la detención inmediata de uno de los líderes; los concurrentes alzaron su voz de protesta y se promovió un alboroto, que tuvo por consecuencia la supresión del mitin y varias detenciones más. Después, un grupo nutrido de afiliados al sindicato se situó ante el Juzgado de guardia protestando en masa de las detenciones, lo que originó un gran escándalo; intervino la fuerza pública, disparando «al aire» y ocasionando dos bajas entre los obreros. Ahora se dice que el gremio organiza una huelga en protesta de las detenciones antedichas y de las bajas causadas por la fuerza pública entre los trabajadores.

—Nosotros —dice a la encargada uno de los camareros, en nombre de todos sus compañeros— no estamos asociados ni iniciaremos nada; pero, si se nos invita a secundar la huelga, no tendremos más remedio que hacerlo.

Antonia comenta con «sus» muchachas:

—¿Tendremos nosotras que ver en ese asunto?

Matilde ha dicho muy enérgicamente:

—Nosotras haremos lo que hagan las demás del gremio.

Laurita encuentra en el caso un motivo más de distracción:

—Una huelga. ¡Esto va a ser la mar de divertido!

Pero, oficialmente, no se sabe nada cierto respecto del asunto.

Hace cuatro días que ingresó «la nueva». Está encantadora con el uniforme que le ha confeccionado su madre, con una bata usada de Antonia. La pequeña se llama Marta. Todos conocen ya su historia en el salón. La repite a cada momento. Parece encontrar en su origen miserable, en su vida de privaciones, un motivo de vanidad: el mismo que suscita en otros la opulencia. Tal vez alimenta la tesis de que la única nobleza del globo la constituye la casta de los oprimidos, y le enorgullece pertenecer a ella. Detalla la desventura de su hermana mayor, abandonada por el novio después de cuatro años de relaciones. («Cuando la hizo la niña, se largó»). La tragedia de su padre, parado hace cerca de un año. («Dice que un día se tira al *Metro*»). El constante batallar de su madre con las amas de casa pudientes; y luego, «aquellos críos», torturados por todas las escaseces imaginables; «aquella pobre chica» con su criatura entre los brazos, amarilla como una muerta, debilitada por enormes hemorragias. Marta está muy delgada; tiene el hueso de la muñeca saliente, como una avellana, y sus piernas, bien formadas, son flacas y larguiruchas. Sus ojos, muy negros, tienen una mirada sumamente dura. Habla del novio de su hermana con desprecio:

—Es un estudiante rico. Ahora tiene otra novia. Mi padre le quiere denunciar, para «sacarle» lo que pueda, pues mi hermana es menor. Por lo menos, que ayude a criar a la chica. Pero mi hermana no quiere ni eso de él, y por esta cuestión siempre está en bronca con mi madre. Yo, lo que más siento es la niña . ¡Es más guapita!; como mi hermana. Mi hermana es muy guapa, pero está muy estropeada. El padre de la chica tampoco es feo. Bueno, no quiero acordarme más de ese tipo. Pues la niña es muy rica.

—¿Y el padre la conoce ?—pregunta Antonia.

—Sí; la ha visto dos o tres veces, pero no la ha comprado el valor de un alfiler. ¡Gracias a la ropa que la han dado a mi madre en las casas donde trabaja!

—Usada, claro.

—Sí; y nueva también. Mi madre «echó» varios «memoriales» y las «señoras de la Junta» también la han dado una toquilla y varias cosas más.

—Bueno —dice Matilde—; pero eso se lo habrán cobrado a tu hermana en rezos, ¿no?

—¡Anda! Enseguida la bautizaron a la chica y la «hicieron» a ella de una sociedad que no sé cómo se llama.

—Porque esas gentes no hacen nada gratis —continuó Matilde—. Al lado de mi casa vive una familia que el marido lleva ocho meses parado. Le despidieron de donde trabajaba porque es anarquista, o no sé qué revolucionario —otro como el hijo de Fazziello—; pues su mujer fue a no sé qué iglesia a «apuntarse» para que la dieran algo las «señoras» ésas, diciendo que su marido estaba parado y que tenía cuatro chicos y uno en la tripa.

—¿Se lo dieron?

—Sí. «Las señoras» iban a su casa todos los meses y fisgaban todos los rincones, a ver si estaba bastante limpio, y les hacían a los chicos la mar de preguntas: que si eran obedientes, que si comulgaban todos los meses, la mar de cosas; bueno la llenaron la casa de calendarios religiosos y hasta la dieron uno de cocina, donde indicaba los días de ayuno obligatorio. A esto, que el marido se enteró y arrancó todos los almanaques y hasta el de cocina; porque, claro, allí se ayunaba a menudo sin necesidad de almanaquitos.

—¡Tenía razón el hombre! —exclamó Antonia.

—Pues cuando «las señoras» vieron la desaparición de los calendarios, se enfadaron mucho; pero lo peor fue cuando encontraron en la alcoba un libro que había llevado el marido; entonces dijeron que «ellas» no podían «ayudar» a unas personas que arrancaban de las paredes los almanaques religiosos y leían libros «prohibidos». Bueno: el resultado fue que la quitaron a la mujer el duro que la daban todos los meses.

—Yo conocí a una familia de Barcelona que eran religiosos, pero protestantes; pues tuvieron una funeraria en Valladolid. Vivieron allí un año y estaban bastante bien. Pero la gente empezó a comentar que a «los de la funeraria» nunca se les veía en la iglesia; entonces le preguntaron a él y les contestó que no era católico romano, pero que no por eso dejaba de tener sus creencias. Pues nada más que por eso la gente dejó de hacer encargos en su funeraria.

—Pensarían que en los ataúdes del protestante iban a ir derechos al infierno—dijo Laurita.

—Se conoce —continuó Trini—. El caso es que el hombre tuvo que traspasar su negocio y venirse a Madrid, y por ahí anda, cobrando las pólizas de una sociedad de seguros.

—En esto ocurren cosas estupendas —dijo Matilde.

Las chicas tocan los temas más diversos en sus conversaciones. Cuando las pueden disfrutar. Estas primeras horas de la tarde son tan pesadas aquí dentro, con este calor dulzarrón, con el zumbido de los ventiladores ensordeciendo los oídos. («¡Para lo que a una la llega el fresco!») El viento es casi exclusivamente para la tertulia de actores, que charlan ahí, incansables, de su absorbente tema: el *cine*. Por lo demás, las muchachas hablan sin convicción, por sugerencias extrañas, por influencia del ambiente, en que para nada entra la reflexión.

A Laurita le encanta la tertulia de actores, sus gestos estudiados, sus tecnicismos, que aprende, para luego repetirlos ante sus amistades, como un loro. Para su gusto, los actores son los clientes más simpáticos del salón de té. Tampoco oculta su admiración por el galán que «espera su hora». La tertulia está establecida junto al mostrador de la pastelería, pegada a él, y la conversación de los contertulios llega con sus puntos y comas hasta los oídos de las muchachas. Cuando el primer actor aparece en la puerta del salón, Laurita toma posesión de la única silla de las empleadas y no se mueve de ella ni para despachar —nadie se atrevería a molestarla, tampoco—. Se sienta con las piernas cruzadas y mete las manos en los bolsillos de su uniforme. Durante el tiempo que permanecen los actores en el salón, Laurita no desperdicia ocasión de lucir sus piernas y, en concreto, sus gracias visibles. No cesa de improvisar actitudes «exóticas» y miradas irresistibles. También interviene alguna vez en las conversaciones de la tertulia. Ya expresó con entusiasmo su amor por el *cine* y su admiración hacia William Powell. En realidad, a Laurita no le gusta ni pizca este actor, pero encuentra que demostrar su predilección por Charles Farrell o Gilbert Roland resulta demasiado vulgar. Los actores le han dicho que su cabeza tiene «una gran belleza plástica», y ella ha interpretado que posee enormes condiciones fotogénicas, y así lo ha dicho a todas sus amigas. Los actores le han regalado dos o tres revistas cinematográficas y varias postales fotográficas de «estrellas» extranjeras.

Desde luego, la casa no autoriza las conversaciones extensas con el público del salón —Laurita queda excluida de esta regla, al menos en concepto de la encargada—. La casa es rigurosa en su disciplina. La casa es de lo más selecto y distinguido en su género.

—Buenas tardes.

Sin saber cómo ha podido ser, se encuentra allí ante las muchachas el chico que lleva el género, «el admirador de Matilde».

El muchacho de la nariz de loro deja sus tableros sobre la única silla de la pastelería, para lo cual Laurita se tiene que poner en pie, continuando en esta posición su charla con los actores de la tertulia. En este instante, dice:

—¡Bah! La Garbo ya está *demodée.*

¿Dónde ha aprendido Laurita esta palabra, de cuyo significado no está muy segura? Tal vez la leyó en algún artículo de alguna revista de *cine. Demodé.* Lo cierto es que le suena bien la palabra.

El chico que trae el género saca un pañuelo y se limpia el sudor de la frente.

—¿Hace calor, eh?—le pregunta Antonia.

—Mucho. Y a estas horas, más.

—Sí; estas horas son las peores de la tarde. Nosotras, aquí, estamos fritas —continúa Antonia—. En su barrio no debe hacer tanto calor.

—En mi barrio como en todas partes. Claro que ya pilla en alto.

—¿Vive usted cerca de los Cuatro Caminos, no?

—Sí.

—La señorita Matilde también vive por allí, ¿verdad, Matilde?

—Sí —responde Matilde, contrariada.

—Ya la veo algunos días en el *Metro*, cuando me retraso.

—Yo no me he fijado...

—Sí. El otro día veníamos en el mismo coche; usted me tocaba con el codo en la espalda. Venía el coche muy lleno.

—Usted pensaría: «¿Por qué no vendrán siempre los coches llenos?».

—Bueno, Antonia; déjese ya de guasas —dice Matilde.

—¡Creerás tú que al muchacho le molesta lo que yo digo!

—Pues a mí, sí.

Matilde piensa enseguida que se ha puesto demasiado seria, y rectifica:

—¡Usted, Antonia, siempre tiene tan buen humor!

El chico de la nariz de loro se retira, visiblemente cortado:

—Bueno, hasta mañana.

—Adiós, hombre —le dice Antonia—. Y otra vez, cuando vea a una compañera, salude; la señorita Matilde no se come a la gente.

Tal vez el muchacho no la oye. O tal vez finge no haberla oído. Lo cierto es que no responde.

Matilde se acerca a Antonia, que rellena de caramelos unas bandejas de cristal.

—No sé por qué habla usted así, Antonia; ya sabe que no me gusta.

Pero *lo sabe*. Ese «no sé» es algo que, ciertamente, no tiene significado. Matilde sabe que Antonia se interesa en que el chico del género «le hable» a ella —a Matilde—. Laurita comenzó la broma y Antonia la secunda. Pero

Antonia ha tomado el asunto muy en serio. Por lo pronto, ha hecho investigaciones sobre las condiciones materiales y morales del joven. El cual habita con su padre en una casa modesta, allá lejos, en una barriada inmediata a los Cuatro Caminos. Tienen una pastelería, una de esas viejas pastelerías de los barrios humildes, cuyas tartas envejecen en el escaparate. Pero el padre quiere que su hijo sea un buen pastelero, un perfecto pastelero que pueda salir algún día de «esta mierda de barrio», y lo ha colocado en la gran fábrica acreditada, donde amplía sus prácticas al lado de conspicuos reposteros franceses y alemanes.

—Ya sabes que lo hago de buena fe, mujer —le dice Antonia a Matilde—. El chico es un infeliz; lo que se dice una buena persona. Y con sus cuartitos. Hay que tener esto muy en cuenta. Piénsalo bien, chica. Se ve, desde luego, que está por ti, y en cuanto no te viera tan arisca... Yo te lo digo por tu bien. Fíjate el porvenir que la aguarda a una aquí... Y ya sé que tú no eres de esas románticas que se hacen ilusiones.

¿Románticas? Antonia llama románticas a las muchachas que aún siguen esperándolo todo de una buena boda. Y, en efecto, Antonia ha podido observar que Matilde no pertenece a esa clase de mujeres. Matilde sabe —por referencias; ella no ha conocido otros— que los tiempos han cambiado mucho. Escasean los «príncipes», y a los pocos que quedan les ha dejado en una situación muy desairada la revolución rusa. ¡Pobres príncipes del siglo XX, convertidos en figurines de «pollos bien», en primeras figuras de *ballet* y en héroes de reportaje de revista gráfica! Matilde ha visto de cerca, ha «tocado» la tragedia del hogar, la «felicidad», «la paz» del hogar cristiano, tan preconizado por curas y monjas. El marido llega a él cansado de trabajar —cuando hay trabajo—. Allí hay unos chiquillos que gritan, que lloran, y una mujer mal vestida y gruñona, que ha olvidado hace muchos años toda palabra agradable y cuyas manos huelen insoportablemente a cebolla. «Bueno, ya no tengo dinero; fíjate». «Está bien. No me eches cuentas. Supongo que no te lo habrás comido». «¡Se lo contaré al vecino!». «Bueno, ¿y qué? Yo no puedo hacer más. Estoy todo el día hecho un burro». «¿Y yo no trabajo? ¡Pero como no traigo dinero!». El marido piensa que las cosas de la casa se hacen por sí mismas (¡milagrera meseta del fámulo Isidro!) y no le da importancia alguna al trabajo de su mujer, al embrutecedor trabajo doméstico.

«Me echas en cara el pan que me como, pero bien me lo gano», dice la esposa. O bien: «Tú quisieras que yo trajese dinero a casa, ¿verdad? Con tal de que no te pidiera un céntimo, te daría igual que lo sacara de donde fuese. Pero como no tengo ningún querido que me lo dé...», etcétera. ¡Horrible! Da igual que el hogar sea un piso alto, o que sea una pastelería. Varía el sitio nada más. Los chicos, en lugar de meter las manos en la tina del agua sucia, las introducen en la masa extendida sobre los tableros de la cocina. Por lo demás, el marido también dice que no puede con tanto trabajo, y la esposa repite hasta el cansancio que está «todo el santo día hecha una mula». Pero también hay mujeres que se independizan, que viven de su propio esfuerzo, sin necesidad de «aguantar tíos». Pero eso es en otro país, donde la cultura ha dado un paso de gigante; donde la mujer ha cesado de ser un instrumento de placer físico y de explotación; donde las universidades abren sus puertas a las obreras y a las campesinas más humildes. Aquí, las únicas que podrían emanciparse por la cultura son las hijas de los grandes propietarios, de los banqueros, de los mercaderes enriquecidos; precisamente las únicas mujeres a quienes no les preocupa en absoluto la emancipación, porque nunca conocieron los zapatos torcidos ni el hambre, que engendra rebeldes. Matilde ha oído algo sobre esto, no recuerda dónde; o lo leyó en algún libro, tampoco recuerda exactamente cuál. En los países capitalistas, particularmente en España, existe un dilema, un dilema problemático de difícil solución: el hogar, por medio del matrimonio, o la fábrica, el taller o la oficina. La obligación de contribuir de por vida al placer ajeno, o la sumisión absoluta al patrono o al jefe inmediato. De una o de otra forma, la humillación, la sumisión al marido o al amo expoliador.

¿No viene a ser una misma cosa?

—No te pongas tan seria, chica; no te volveré a hablar de esto.

—Si no me pongo seria, Antonia.

15

Antonia cruza el salón hacia su mostrador. Viene de la cocina. Trae dos o tres bandejas y varios paños limpios. Entre ellos oculta un botellín de leche. Cuando llega a su sitio lo esconde disimuladamente entre unos rollos de papel que hay debajo del mostrador.

Hace un rato que Marta comenzó la limpieza. Todavía no han llegado las demás empleadas. Antonia y la encargada acaban de desayunar.

La encargada y Cañete hablan junto a la registradora. Aunque aparentan otra cosa, se observa que él está excitadísimo y que ella se complace en excitarle más.

La vieja asistenta sube del sótano con un enorme cubo de latón lleno de agua para fregar los retretes.

—¿Me da usted un paño para limpiar los lavabos?

La encargada saca de uno de los cajones del mostrador un paño blanco con rayas azules.

—Tome —contrariada.

Cañete se dirige a la cocina.

Esperanza se marcha con sus paños limpios y su cubo de agua hacia la escalera que conduce a los retretes. Mientras sube, piensa en Cañete y en la encargada. «Les he hecho la puñeta con el pañito».

La encargada despacha a los clientes que van llegando, mientras Paca enjabona el cinc de las mesitas.

Antonia despacha en su mostrador.

En tanto, Marta, sentada en el suelo a sus pies, se toma el botellín de leche que dejó su compañera debajo del mostrador. Antonia le dijo al día siguiente de su ingreso en el salón de té: «Puedes desayunar aquí todas las mañanas; pero tendrás que venir antes que las demás. No por Matilde, pero Laurita pudiera ir con el soplo; es ahijada del jefe». Antonia le trae leche de la cocina y ella se come los bollos que se le apetecen. «A ver si te mejoras un poco —dice Antonia a Marta—; estás muy flaca. El dulce engorda, sobre todo los pasteles de mantequilla». Marta sigue las inspiraciones de Antonia muy gustosa. Cuando siente apetito en las horas de actividad del salón, oculta alguna cosa en el bolsillo del uniforme y sube a comérselo al retrete. ¡Oh!, en esos retretes da gusto comer. Está una viéndose en el lavabo, en el espejo brillante y en los azulejos, blanquísimos.

—¿Qué desea?

—Dos *cakes.*

—No han venido todavía.

—Entonces, deme dos *croissants.*

Antonia despacha.

Marta, sentada en el suelo, con la cabeza debajo del mostrador, se bebe la leche y se come unos bollos calientes a grandes bocados. Cuando termina, mete el botellín vacío en el cajón donde se guardan los *blocks* de notas, las hojas de pedidos, los lápices y los cuchillos obtusos de cortar el papel.

Ya es tiempo. El muchacho que trae el género está ahí, con los tableros colmados sobre la cabeza.

Marta le ayuda a dejar los tableros sobre la silla. Luego coge un plumero, abre la puerta de uno de los escaparates, se sienta en él y comienza a desempolvarlo.

El muchacho de la nariz de loro le pregunta a Antonia:

—Antonia, ¿usted sabe si la señorita Matilde se enfadó en serio el otro día? Ayer se lo quería haber preguntado a usted, pero me retrasé algo y cuando vine ya estaban aquí todas.

—No; no creo que fuera en serio. Es que ella es así: le gustan poco las bromas.

—Sí; tiene un carácter un poco raro. No es que a mí me disguste que sea así, pero me cohíbe un poco; bueno, bastante. Yo le quería decir a usted, Antonia, que si a ella le molestan de verdad esas bromas suyas, que no me diga usted nada delante de ella. A mí puede usted decirme lo que quiera, cuando ella no esté. Pero, detrás de mí, si usted cree que no ha de enfadarse; o, mejor... Bueno, Antonia, francamente: ¿a usted qué le parece que pasaría si yo me decidiese a hablarla a la señorita Matilde?

—¡Hombre, no sé; la verdad!

—Bueno; pero usted la conoce mejor que yo. Por lo menos, novio no tiene, ¿eh? Yo la veo siempre sola.

—Novio no tiene, que yo sepa. No sé por qué había de ocultarlo.

—Sí; claro. Pero, bueno; usted sabe que no es nada agradable para uno que le digan que no. Yo no he tenido aún novia formal. Cosas de chicos, allá en mi barrio; pero en serio, nada. Francamente, Antonia: a mí me gusta la señorita Matilde, de verdad. Yo la hablaría en serio, para casarnos pronto. Es una chica muy formal, de lo que no abunda por ahí… Y en mi casa hace falta una mujer. Mi madre se murió cuando yo era muy chico. Mi padre y yo, toda la vida andando en manos de criadas… Cuando me case trasladaremos la tienda a una calle más céntrica. En fin; usted comprenderá que, como no se trata de un juego de chiquillos, me interesa saber cómo le podría caer a ella antes de dar un paso así.

—¡Hijo, yo qué voy a decirle! Novio no tiene; pero de eso a asegurarle a usted que no le dará calabazas, va un abismo. Desde luego, ella parece un poco seria a primera vista; pero es muy tratable. Si usted está decidido a «hablarla»…

—No es eso, Antonia. Yo le hablo así porque ella parece quererla a usted y porque usted parece apreciarla también. Lo que yo quiero es que usted… Se trata de que usted, por su edad… Vamos, no es que la llame vieja, ni mucho menos…

—¡No, hombre; si no me enfado por eso!

—He querido decir que usted, como no es una chiquilla, podría hablarla algo del asunto…

—Vamos, sí; prepararle el terreno.

—Usted, sin decirla que yo la he hablado de esto, podría indagar en ella a ver lo que piensa de mí. Yo comprendo que ahora, de pronto, no me va a tomar un cariño loco; pero, con el tiempo... Yo no creo en eso del flechazo.

—Pues yo creo que debe usted dirigirse a ella directamente. A lo mejor lo estropea con este plan. A las mujeres no nos gustan los hombres tímidos. Y ya le digo que Matilde es muy tratable... Cuidado, ahí viene la encargada.

El muchacho se dispone a salir.

—Oiga —le dice a Antonia—, a ver si se acuerda de traer a la tarde doscientos de soletilla.

—Sí. Hasta luego.

—Adiós.

La encargada le pregunta a Antonia:

—¡Cuánto hablaba hoy ése, que no habla nunca!

—Me decía de la huelga...

—¿Qué?

—Dice que al fin parece que se va a declarar.

—Sí; antes me hablaba de eso Cañete.

«Parece que he estado inspirada», piensa Antonia.

—Dicen —continúa la encargada— que irán a la huelga los mozos de restaurantes y cafés. Vamos a descansar unos días.

—Una vacación extraordinaria.

—Eso es. Y ésa, que vive tan lejos, ¿cómo es que madruga tanto?

La encargada alude a Marta, que frota los cristales de uno de los escaparates.

—Dice que siempre se levanta muy temprano —contesta Antonia.

—En cambio, las otras parece que se han puesto de acuerdo para venir tarde.

Se acerca Marta.

—Oiga, parece que ahí se ve una mancha. Ahí, en ese entrepaño.

Marta lo frota.

—¿Se ve todavía?

—Sí. Pero apriete, hijita, apriete. ¡Con qué miedo frota!

Entran dos muchachas muy jóvenes, se sientan y piden dos tés completos. Parecen extranjeras. Una de ellas tiene el cabello teñido de un rubio muy claro. Comen muy deprisa. La rubia consulta a cada instante su reloj de pulsera.

Llegan de la calle Matilde y Laurita, y cruzan rápidas hacia la cabina.

Paca, que acaba de vestirse, les dice:

—Está la llave puesta.

La encargada aparenta no verlas llegar. Tal vez por no «verse» obligada a criticar su tardanza. Porque habría de incluir a las dos muchachas, y Laurita es «terreno peligroso».

La vieja asistenta baja de los retretes y entra en la cocina un momento; enseguida baja al sótano y se pone a lavar los paños de limpieza.

Entra Pietro Fazziello y se mete en la cocina. Poco después, sale poniéndose el mandil y se hunde en el húmedo y pegajoso sótano. A poco se le oye machacar sobre el hielo.

Las jovencitas extranjeras han acabado de desayunar y piden la cuenta. La rubia exclama, consultando su reloj:

—¡Es muy *tagde*!

Se van.

El camarero que les ha servido limpia la mesa y sacude unas migajas que han quedado encima de una de las sillas. Luego recuenta la primera propina del día.

Pero ahí está la mujer de Cañete, con su chiquilla en brazos.

La encargada se altera mucho al verla. Pero hay que ser fuerte. ¡Otra escenita! ¡Cuánto se va a divertir «esta gente»! Se pone de codos al extremo del mostrador, cerca de la puerta de la calle.

La mujer de Cañete se le acerca.

—¿Creía usted que se me había olvidado el camino?

—No escandalice.

—¿Creerá que no sé que ha estado anoche con mi marido?

—Le aseguro que está equivocada.

—¡Aún tiene valor!...

—¡Chist!

Las dependientas de la pastelería observan la escena discretamente.

Laurita la encuentra divertidísima.

—Pero, ¿dónde se ha metido Cañete?

Cañete está en la cocina, limpiando las cucharillas de plata del servicio de helados con unos polvos de color gris. Y parece no haber advertido nada.

La encargada está excitadísima:

—No dé un escándalo aquí. Le repito que está muy equivocada.

—Le juro que hoy no me largo así, de rositas. Con que ya lo sabe.

Alguien ha advertido a Cañete, que sale de la cocina muy deprisa, agarra a su mujer por un brazo y la saca del salón:

—¡Chist! No grites aquí. Vas a hacer que me pierda.

—¡Que lo sepan todos que esa mala mujer está robando el pan de mi hija! ¡Esa puta! ¡Sí, una puta! ¡Una tía golfa!

Se va llorando a gritos, arrastrada por su marido.

La encargada se retira de la puerta. Está palidísima. Abre la puertecilla de acceso al sótano y se sienta encima de un cajón de azúcar que hay debajo del teléfono. Al poco rato se siente desvanecer y cae por la escalera.

La vieja asistenta acude a ella.

—¿Cómo se resbaló?

Pietro Fazziello, también.

—¿Se ha hecho daño?

Pero la encargada está quieta en el suelo. Tiene los dientes muy apretados. Al caer se ha mordido la lengua y su boca aparece llena de sangre.

Arriba se ha producido un gran revuelo. Antonia se dirige al otro mostrador.

—Parece que la ha dado un ataque. Voy a ver.

—Yo voy con usted —dice Laurita.

Matilde y Marta se quedan despachando.

Cuando Antonia y Laurita llegan al sótano, la encargada está sentada en el suelo húmedo, llorando y limpiándose la boca. El pañuelo se le ha empapado en sangre y sus dientes siguen cubiertos de ella.

Pero nadie, a excepción de Fazziello, parece preocuparse por ello. Sólo a Antonia se le ocurre decir, adaptable, como siempre:

—Si hubiera un poco de vinagre…

Laurita dice:

—Se lo diré a Paca.

Y sube corriendo la escalera.

Esperanza, la asistenta, permanece con las manos en las caderas.

—¿Se ha hecho mucho daño? —le pregunta, al fin, a la encargada. Pero de un modo que significa: «¿Por qué no se ha matado de una vez?».

Laurita baja portando un vaso de agua, a la que han agregado unas gotas de vinagre.

Fazziello indica:

—Si hubiera un poco de azahar…

Pero en el salón de té no están previstos esta clase de accidentes.

La encargada bebe el agua con avidez. Ha cesado su llantina. A cada instante dice, a media voz:

—Que no lo sepa don Fermín.

Se levanta y comienza a subir la escalera, oprimiéndose con una mano la cintura.

—¿Se ha lastimado la cadera ? —le pregunta Antonia.

—Sí; un poco.

Pero su gran preocupación es «el ogro».

—Que no lo sepa don Fermín.

Se sienta otra vez en el cajón que hay bajo el teléfono.

La vieja asistenta ha comenzado de nuevo a lavar y el florentino a golpear sobre el bloque de hielo.

Antonia y Laurita cruzan a la pastelería. Marta y Matilde despachan a varios clientes. Además, hay público esperando.

Al cabo de algunos minutos la encargada comparece otra vez en el salón. Tiene los ojos enrojecidos y el cabello recién peinado.

Cañete no ha regresado todavía.

En el mostrador de los pasteles continúa la afluencia de público.

Cuando cesa el movimiento, y al ir a meter la mano en uno de los cajones, Marta tropieza en él con una moneda. La mira con disimulo. Una peseta. Duda entre echarla al cajón y guardársela. No es prudente que observen las otras empleadas que guarda en el bolsillo del uniforme el dinero del cajón. Puede ocurrir que sospechen no ha sido una cosa circunstancial; puede ocurrir que piensen en la premeditación, en el hábito. Esta duda la tiene atenazada durante largo rato. Al cabo del cual, del modo más indiferente y discreto posible, se agacha e introduce el dinero en uno de sus zapatos.

16

Hoy ha sido declarada la huelga de camareros, mozos de restaurantes, cafés y similares. Casi todos los establecimientos del gremio han alzado sus cierres, pero en el interior se ve actuar a los propietarios o parientes de éstos.

Los huelguistas recorren las calles e investigan la identidad de los camareros ocasionales que actúan en cada local; vigilan escrupulosamente, para evitar el esquirolaje.

En la calle de Preciados dos esquiroles recalcitrantes han sido violentados por los huelguistas, habiendo tenido que intervenir la fuerza pública. En la Corredera Baja un bar ha sido asaltado y abofeteado su irascible dueño. En otro café céntrico el espejo de un escaparate ha sido convertido en estrella.

A las nueve y media de la mañana la tranquilidad en el salón de té es relativa. Los camareros llegaron a su hora, pero, sabedores de lo perseguido que es el esquirolaje, titubearon antes de vestirse sus fraques. Fue preciso que les coaccionara la encargada:

—Ustedes son muy dueños de hacer lo que les venga en gana; pero luego se atendrán a las consecuencias.

Después de un breve debate se ha acordado por los camareros la entrada al trabajo.

—En caso de que nos obliguen, nos largamos, y en paz —dice Cañete, que parece el dirigente del grupo.

Cañete está muy serio. Desde su breve diálogo de ayer no ha vuelto a cruzar palabra con la encargada.

La encargada está en su puesto, como siempre, detrás de la caja registradora. Más pálida y hermética que de ordinario. Tiene algo inflamado el labio superior.

Los camareros han empezado a levantar el polvo del salón.

Las chicas de la pastelería aparecen inquietas. El menor movimiento en el exterior las hace estremecer. Sobre todo a Antonia.

—¡Mira que no dejarla a una ni trabajar tranquila!

—Bueno: ¿entonces, si vienen a sacarnos, qué? —pregunta Laurita.

—Pues si vienen tendremos que irnos —opina Matilde.

—¿Nosotras también?

—Es claro.

Matilde es de opinión que los camareros no han debido de aguardar a ser presionados por los huelguistas para mostrarse solidarios con el movimiento. Antonia recuerda entonces la amenaza encubierta de despido de la encargada.

—El que más y el que menos tiene mujer e hijos que mantener.

—Sí; pero los otros, los huelguistas, también tendrán hijos y mujeres.

Matilde preconiza la solidaridad, la unión de los trabajadores. Sin la unidad en la acción no se consigue nada. Ocurre igual con las peticiones de aumento de salarios, unos son solidarios y otros no; y es natural, en esta situación de cosas, el que habla es el que pierde. Así salen las cosas. «Solidaridad. Solidaridad y a la cabeza». Estas palabras pertenecen al «parado» vecino de Matilde. «Ese sabe bien lo que se dice». Y tiene razón que le sobra.

—Por ejemplo: nosotras, aquí —dice Matilde—, nos pasamos la vida gruñendo por la miseria que ganamos; pero no nos preocupamos por ganar más. Y con hablar por detrás no se arreglan las cosas. Tiene que haber solidaridad.

—Yo lo que digo —dice Antonia— es que siempre se ha visto que el que habla es el que pierde.

—Conformes —dice Matilde—. Pero si se amparasen en un sindicato, si se unieran, entonces podrían exigir.

—Y no admitirían los jefes a los sindicados —interviene Laurita.

—Sí, ya lo creo. Además, figúrate que todos, absolutamente todos los jornaleros de todos los gremios, estuviesen asociados; ¿qué iban a hacer en ese caso?

Laurita no contradice a Matilde. No se le ocurre de momento algo oportuno. Tampoco le interesa buscarlo. Tiene bastante con «lo suyo». Ayer tarde «casi se le declaró» el galán de la tertulia. Ocurrió de un modo muy vulgar, que a ella le pareció originalísimo. Al marcharse le tendió una revista de *cine*, al tiempo que le dijo: «Me alegraré de que la encuentre interesante, señorita». Dentro de la revista había una tarjeta de visita, de un tono hueso, transparente, que tenía escrita a lápiz una sola línea: «¿Cuándo podré acompañarla al *cine*?». Esto la tiene a Laurita sobremanera inquieta. En su cartera guarda una carta color rosa, en la que ha escrito con gran cuidado: «Hasta dentro de quince días no tenemos «salidas»; entonces, si sigue usted pensando igual...». Y está encantada de su ingeniosa respuesta. Sobre todo, la ocurrencia de dejar la frase inconclusa y la hilerita de puntos suspensivos se le antoja de una novedad sorprendente. La próxima vez que venga al salón le devolverá el periódico, diciéndole: «Muchas gracias. Su revista está muy bien». Con lo de «muy bien» no está muy conforme Laurita; pero por mucho que se ha estrujado los sesos no se le ha ocurrido algo más singular. «Lo estupendo sería que los huelguistas nos hicieran cerrar esta tarde y no le pudiera devolver el periódico». Esta perspectiva inquieta a Laurita, excita sus nervios, la empuja de un lado para otro, le pone en la boca frases sin sentido.

Antonia, anchota, blanda y colorada, no entiende gran cosa las consideraciones de Matilde, que le parecen enmarañadas y confusas; no sabe qué es eso de «solidaridad». Lo único que entiende —por lo que le atañe— es lo que se refiere al menguado salario que perciben en el salón de té. Pero adivina razonables las palabras de su joven compañera.

—Sí. Verdaderamente...

Antonia siente predilección por Matilde; admiración por su clara visión de las cosas, por su sinceridad valiente, que le ha valido desde el primer día el respeto de la encargada: «Esa escuerzo». (Antonia es mucho más comedida para colocar adjetivos a su jefa inmediata que la vieja asistenta).

En cuanto a Marta, tiene bastante preocupación con el asunto de «la peseta» de ayer. La huelga le tiene sin cuidado. Ella hará lo que hagan las demás. Cuando llegó hoy, saludó con miedo a Antonia. Si le hubiera correspondido Antonia al saludo un tanto indiferente, hubiera pensado al momento Marta: «Ya lo sabe». Pero Antonia la recibió sonriente, cordial como de costumbre. Y le trajo «su» botellín de leche. Pero Marta no está conforme con esto. Por cerciorarse de que no fue descubierta la falta de la peseta, le pregunta a Antonia: «¿Usted hace la cuenta del día, Antonia?». «Sí». «¿Por la noche?». «Sí; antes de marcharme». Marta puede estar tranquila. Además, una peseta se extravía muy fácilmente. También puede ocurrir que se dé por equivocación a algún cliente en el cambio. Hay muchas maneras de justificar la falta de una peseta. Marta puede estar enteramente tranquila. Pero no lo está. Aún pasan dos horas más hasta que Marta se recobra.

Las chicas están toda la mañana hablando de la huelga.

Los camareros, también.

Hacia las doce del día, «el ogro» aparece inesperadamente en el salón. Viene deprisa. Trae el sombrero en la mano, contra su costumbre. Sin saludar, se dirige a la encargada:

—¿No hay novedad?

—No, don Fermín.

—He visto cerradas dos o tres casas.

—Pues aquí, hasta ahora, no ha ocurrido nada.

—También creo que hay rotos por ahí varios escaparates. La gente todo quiere conseguirlo a la fuerza bruta.

Pasea una mirada por el salón.

—Me voy arriba.

—Está bien, don Fermín.

La encargada sonríe a «el ogro» de un modo servil y repugnante.

Laurita no deja de pensar: «Como nos hagan cerrar, me hacen la pascua».

Cerca de la una de la tarde se ve llegar a un grupo de hombres —¿huelguistas?— ante la puerta. Se les advierte hablar entre sí y luego avanzar a dos de ellos hasta el interior del salón de té. Se dirigen a la encargada.

—Buenos días. ¿Quién es el encargado?

—La encargada soy yo.

—Venimos a invitarles a que se unan a la huelga.

—El personal de la casa no está asociado.

—No importa. Se trata de un acto de protesta colectiva del gremio por la detención de unos compañeros. Aquel de nosotros que no se haga solidario, sea sindicado o no lo sea, será considerado esquirol.

El que habla mira a los camareros de turno —tres—, que permanecen agrupados cerca de la cocina. Les reta.

—Nosotros...

Comienza Cañete.

La encargada sube a imponer a «el ogro» del incidente.

Mientras, la comisión que acaba de llegar parlamenta con los camareros.

Los camareros del salón dicen que están de acuerdo con sus compañeros de gremio; pero cada cual se muestra reacio a abandonar su puesto. El miedo a perder el menguado salario paraliza las voluntades y los miembros de todos.

Las muchachas están pendientes de la decisión de los hombres. Pero éstos parecen no acabar de llegar a un acuerdo. Aunque sus palabras llegan muy confusamente a la pastelería.

«El ogro» aparece en la escalera, seguido por la encargada.

—Mi personal no tiene nada que ver con la huelga; no son asociados —grita.

—Bueno —dice uno de los dos obreros que constituyen la comisión—: nosotros hemos cumplido con nuestro deber; ahora, ellos verán.

Se marchan. Se agregan al grupo que espera a la puerta del establecimiento, para permanecer allí apostados, amenazadores.

«El ogro» vuelve a chillar, con su voz atiplada:

—Yo quiero a la gente cuando la necesito. De manera que ya lo saben: el que abandone su puesto puede darse por despedido.

Da media vuelta y vuelve a subir a su despacho.

La encargada pasa a su mostrador y habla con Paca.

Los camareros están sobreexcitados.

—Bueno: no hay derecho a que le pisen a uno así.

—Esto es ponerle a uno el puñal en el pecho.

—¡Bueno: entre perder la casa y que le den a uno un palo! —dice Cañete.

Pero ya está ahí en la escalera «el ogro».

Otro grito:

—Váyanse todos y vuelvan mañana.

—¿Las muchachas también, don Fermín? —pregunta la encargada.

—También.

(«Me partió», piensa Laurita).

—¿Y se cierra entonces, don Fermín?

—¡Claro que se cierra! ¿Quiere usted que me ponga yo a despachar al público?

La encargada inclina la cabeza, humillada.

Los camareros pasan a la cocina. Cuando regresan traen puestos los trajes de calle.

Las dependientas van pasando a la cabina.

Laurita está muy disgustada. La carta rosa permanecerá en el anónimo de su cartera aún unas horas (¿cuántas?).

Marta se ha tranquilizado respecto al asunto de «la peseta», completamente. En su poder existe la seguridad de diez viajes «Red de San Luis-Guindalera», y viceversa.

Matilde va hacia la cabina lentamente. Por el camino se desabrocha el cinturón del uniforme y lo va enrollando. «El que se vaya puede darse por despedido». Y todas las cabezas, aun las encanecidas en el trabajo monótono y pesado del salón de té —Antonia—, cuyos derechos de explotada no están reconocidos, se agachan medrosas. Habla el enemigo, a quien se odia y se teme, y de quien no se puede prescindir. Habla autoritario, soberbio. Seguro de ser obedecido. Seguro de la sumisión absoluta de «su» personal. Él es la gran llave del estómago de cada uno de aquellos débiles seres y cada chiquillo de cada mujer inherente a tales seres infortunados. Es el enemigo que a veces hace demagogia de ocasión: «El patrono y el obrero son un solo cuerpo». (No tiene en cuenta que lo que él come no le nutre al complemento de su cuerpo —el jornalero—). El enemigo está viendo durante un cierto número de años —muchos, por lo general— el torso encorvado de «su» cuerpo; encorvado por la penuria, humillado. Una vez advierte que en sus sienes hay pelos blancos, que sus miembros enmohecen. «Tú ya no me sirves». Y a otra cosa. Ahí se queda el pobre cuerpo, con su vejez sobre la espalda. «Ya no me sirves». Ya no es «su» cuerpo. Si se hubiera tratado de su cuerpo, de su organismo auténtico, y no de una metáfora ocasional y vil, por lo embustera, el enemigo hubiera reaccionado de distinta manera. ¡Bah! Esto no es nada original. Esto no lo ha dicho sólo el vecino «parado» de Matilde; lo han dicho al cabo de los siglos, a lo largo de muchos siglos, millones de millones de oprimidos, en todos los idiomas y matices de voz. «Váyanse todos y vengan mañana». Un suspiro alivia la inquietud en todos los pechos. De pronto se siente la alegría de aportar el granito de arena personal a la causa de la clase a que se pertenece. Ya no se piensa en el hermano de gremio como en la cosa enemiga, que «coacciona», que «empuja al arroyo», «al hambre». Ahora es el hermano de ruta, el luchador noble, el brazo del gigante bajo cuyo cerebro está escrito el destino de los eternamente explotados. Sí; ¡qué hermosa es la solidaridad! ¡Viva la solidaridad! No. Somos unos cobardes. No hemos hecho más que seguir las órdenes del amo. Obedecer fielmente al amo, como siempre. Fielmente, como perros cochinos, como perros repugnantes. Si él nos lo hubiera mandado nos habríamos quedado en el salón, hubiésemos hecho traición al hermano; incluso hubiéramos arrojado del local al hermano, a escobazos o puntapiés. En casa están la mujer y los hijos.

Sobre los huecos de los escaparates caen con estrépito los cierres metálicos.

A la puerta está el grupo de huelguistas. Cuando los empleados del salón de té aparecen en la puerta, los huelguistas lanzan varios prudentes vivas a la solidaridad y a la fraternidad proletaria.

17

La huelga, declarada por veinticuatro horas, terminó anoche. Esta mañana se normalizó el servicio en todos los establecimientos afectados por el movimiento huelguístico.

En cuanto a los detenidos, continúan en la Dirección de Seguridad. Y los heridos por la fuerza pública en la calle, hospitalizados.

Acaba de salir el chico del género y de llegar Laurita y Matilde.

Laurita cuenta las horas que la separan de la tarde. Hoy dará su respuesta al galán de la tertulia cinematográfica. Y esto, a la par que la excita, la enorgullece, la hace feliz. Muy feliz. Ahora coloca los pasteles calientes sobre las bandejas limpias.

Mientras, Matilde comprueba, con ayuda de Antonia, la cantidad de género recibida.

Matilde:

—*Brioches*, cincuenta.

Antonia anota en la hoja de pedidos:

—Cincuenta.

—*Croissants*, treinta.

—Treinta.

—Ensaimadas, ochenta.

—Ochenta.

Marta, metida debajo del mostrador, se come con una cucharilla tres merengues chafados.

—No sé cómo no te da asco comer tanta cantidad de *chantilly* —le dice Laurita—; parecen babas de buey.

Es sábado hoy, y «el ogro» ha venido muy temprano al salón. Quizá no esté muy seguro de la solución de la huelga. Ha paseado de un lado para otro del establecimiento, entrado en la cocina y bajado al sótano, donde ha estado conversando largamente con el florentino a propósito de los rumbos políticos de su país. Luego, en su despacho, al pagar los salarios, ha hecho un chiste a propósito del apellido de Marta. Sin duda se tranquiliza al observar que transcurre la mañana sin el menor incidente.

A primera hora de la tarde se conoce una nueva de interés: Cañete ha sido expulsado de la casa.

La encargada sigue ahí enfrente, como siempre, vigilando detrás de la registradora, con sus ojos redondos, claros y antipáticos. Esta tarde parece mirar distraída las cosas cercanas. Pero en el fondo está contenta de que «el asunto» haya terminado así. Favorablemente para ella. Restriega una contra la otra sus manos frías y se pule las uñas sobre una de las mangas del uniforme. Según pasa el tiempo se anima, habla con Paca de cosas banales e incluso sonríe alguna vez.

Antonia está asombrada ante el caso. No comprende cómo una persona puede ser «tan mala» como la encargada, ni cómo un hombre razonable puede perderse por semejante mujer. Habla de la mujer de Cañete, de su tipo físico, de su marchita juventud. Y de la criatura, paliducha y delgada.

—«Él» ha perdido la casa y «ella» ahí, tan pimpante.

Sería difícil, en verdad, hallar un sustituto de la encargada tan riguroso y adicto a la casa y a «el ogro» como ella. A «el ogro» no le importa en absoluto la hostilidad reinante entre el personal de su casa y la jefa inmediata; antes bien, le complace esto, por cuanto excita el temor en sus subordinados, y esto del temor al superior entra en gran parte en el concepto de la disciplina sustentado por él de antiguo.

Nadie conoce exactamente las palabras habidas entre «el ogro» y Cañete; sólo se sabe que Cañete, cuando acabó el turno, envolvió su frac en un periódico y se despidió de Paco el cocinero con estas palabras:

—Bueno, Paco; que sigas bien. Me voy de la casa.

Sin añadir una sílaba más ni responder a reiteradas preguntas de Paco.

Y ahora «ella» está ahí enfrente, tan tranquila.

Tranquila. ¡Bueno! Todo parece sencillo y simple a primera vista. Pero en el fondo... Por ejemplo, Laurita. Laurita, que sentada en la silla parece escuchar la conversación de los actores con indiferencia, está terriblemente nerviosa. ¿Cuándo le devolverá al actor la revista, que está dobladita ahí, en el cajón de los *blocks* y las hojas de pedidos? Desde hace más de media hora se lo está preguntando a sí misma: desde que el primer actor de la tertulia apareció en la puerta del salón de té. Ella, que es muy resuelta de ordinario, se siente ahora estúpida y tímida «como una chiquilla». Los actores hablan y a veces le sonríen o miran, como solicitando su aquiescencia. Y ella, como una tonta, sonríe y nada más. «Debo parecerle esta tarde rematadamente tonta». Pero mientras más se esfuerza en aparecer ágil de palabra y fácil de movimiento, más encogida y torpe se encuentra. Con las manos dentro de los bolsillos del uniforme y los azules ojos mariposeando de un lado a otro del salón, no deja de pensar: «¿Se la doy ahora? ¿Cuándo?»

—Él me dijo que no te lo dijera —le dice Antonia a Matilde—; pero, chica, yo te lo digo. Con que ya lo sabes. Tiene los papeles debajo del brazo.

—No me gusta.

—Sí; lo comprendo. No es precisamente un Adonis, como el pollo ése de la tertulia; pero todo no puede ser. Fíjate cómo están los tiempos para andar eligiendo. Ya has visto ahora, con la huelga. En un tris ha estado que no pusiera a alguno en la calle. Según le dio por decir que nos fuéramos todos, le da por decir lo contrario... Y a ver quién hubiera sido el guapo que se hubiera quedado en el salón, estando los huelguistas ahí afuera, esperando. Pues habríamos ido a la calle más de la mitad. Es lo que se puede esperar de estos jaleos. Y que cada día están peor las cosas. Yo, en toda mi vida, no he conocido tantas huelgas y tantos jaleos como ahora. No sé en qué va a parar todo esto. Fíjate todas las casas que están cerrando; casas acreditadas. Nosotros, hasta ahora, nos vamos defendiendo; pero dentro de un año, o de dos, o tres, ¿quién sabe? Se está poniendo todo...

—En todo el mundo es igual. No es aquí sólo donde están malas las cosas.

—Sí; ya sé. Yo no me entero casi porque no leo periódicos. Pero por lo que dicen los clientes y por lo que cuenta Pietro Fazziello... En su país también, y en otros.

—Yo sí leo periódicos. En todo el mundo, los obreros recorren las calles hambrientos y los niños se mueren de frío y de hambre. Las grandes fábricas, las minas, los comercios, las industrias, cierran sus puertas en todos los países. Cada día que pasa aumenta el número de hambrientos y de parados. Los campesinos se apoderan de las tierras y se las reparten. Los obreros asaltan las tiendas de comestibles. Los hambrientos quieren comer.

—No sé dónde vamos a ir a parar.

—Mi vecino, que entiende mucho de estas cosas, dice que es el principio del fin. ¡Si le oyera usted hablar! Dice que ya un gran sabio extranjero, un hombre genial, profetizó hace muchos años el cierre de los comercios y de las minas y las fábricas, y la sublevación de los hambrientos en las ciudades y en los pueblos; y que de esta hecatombe saldría una humanidad nueva.

—No te entiendo eso, Matilde.

—No sé explicarme tan bien como mi vecino. Quiero decir con esto que se acerca el fin de los patronos y de todos los capitalistas; y que nosotros, los pobres, dejaremos de pasar hambre y de calarnos los pies todos los inviernos.

—¡Bah!

—Usted misma dice que están cerrando los más antiguos comercios.

—Sí. Pero siempre se han conocido crisis parecidas.

—Usted misma acaba de decir que nunca ha conocido época igual.

—Sí. Pero esto acabará alguna vez.

—Acabará de la forma que la digo a usted.

—¡Quién lo verá eso!

—Dicen que está muy cerca. Ya en un país del mundo los obreros no pasan hambre.

—También tú dices que en todos los países cierran las fábricas y las minas.

—En todos, menos en ése. En ese país, en vez de cerrarlas, cada día abren nuevas fábricas e inauguran nuevas industrias. Y las mujeres no andan meses y meses de un lado para otro, con un periódico debajo del brazo, buscando un mísero mendrugo; ni los niños se mueren de hambre y frío en las calles. Rusia se llama ese país.

—Sí; ya he oído hablar de eso, pero de otra forma.

—Lo habrá usted oído al público de aquí, a los clientes que vienen a hacer sus compras en *autos* propios.

—No me acuerdo.

—Claro que sí. Los ricos son los únicos que pueden hablar mal de aquel país; los ricos y los pobres ignorantes, o los fanatizados por la religión, para los que los libros y la ciencia son la condenación eterna. Pero mi vecino sabe mucho de estas cosas.

—¡Si eso fuera cierto!

—Lo es allí, y lo será en el resto del mundo.

—¿Cuándo?

—Pronto. Ya estamos en el principio hace muchos años. Dicen que allá empezó de una forma muy parecida.

Antonia queda callada. Los dedos de su mano derecha cogen pliegues a la manga izquierda de su uniforme.

Matilde mira a través de un escaparate, más lejos de la ancha calle asfaltada; más lejos del *cine* suntuoso; más lejos del espacio azul del infinito, más aún.

En el hogar hay demasiados hijos. Demasiados. El marido no puede ganar ni un céntimo más. La esposa «tiene bastante con su esclavitud doméstica». Y los críos van de un lado para otro de las mezquinas habitaciones del cuarto, lo echan a rodar todo por los suelos; sacan los calcetines rotos por en medio, la ropa sucia, en la que amarillean orines secos. O suben de la calle con rasguños en las piernas y jirones en la bata o en el pantalón. «Yo no puedo hacer más». «Y ese ganso, que no hace más que dar guerra, todo el día hecho un golfo desde que sale del colegio. Ya debía estar trabajando. ¡Para lo que aprende en la escuela!» El «ganso» tiene once años; no sabe la menor ortografía, no sabe de contabilidad; no sabe más que matar pájaros y ratas en el arroyo, y engancharse a los topes de los tranvías. «Ese ganso debía estar trabajando; debía estar ayudando a su padre». Y el «ganso», con sus raquíticos once años, aprende a comprar el periódico a las siete de la mañana, a abrirlo por la página de anuncios; se perfecciona en el conocimiento de las calles de la ciudad y se practica en su propensión a mentir. «Tú, ¿cuántos años tienes?». «Catorce». —Los menores de catorce años no son admitidos en fábricas ni en talleres—. «¿Catorce años? Poco has crecido». Regularmente, su cuerpo crecerá en dimensiones, pero su cerebro se quedará ahí, en lo que es; su cerebro no pasará nunca de los once años. Todo esto desaparecerá algún día con el advenimiento de la cultura, con la liquidación del paro obrero, con la depuración de la sociedad contemporánea. Una sociedad fuerte, culta, sana, sustituirá a la actual sociedad, depauperada y famélica. Pero mientras, ¿qué? Hay que comer. Hay que comer, por el medio que sea. Para el estómago, todos los medios son lícitos y admisibles. Es sobradamente sabido que el estómago es amoral. Las más acreditadas industrias, las más sólidas empresas comerciales, se retiran derrotadas por el foro de las «salidas» definitivas. «Nosotros nos vamos defendiendo hasta ahora». Tiene razón Antonia. ¿Quién puede responder de que algún día...? Y entonces comenzará de nuevo el penoso deambular, el penoso arrastrar de tacones torcidos a lo largo de innumerables calles y plazas; y se renovará la experiencia infructuosa de máquinas de escribir y de escaleras. Toda una perspectiva. Bien triste.

—Yo creo que debías de pensarlo bien, Matilde. A lo mejor, con el tiempo le tomarías cariño. Y si no, con dejarlo, en paz. Por «hablar» con él nada vas perdiendo.

Matilde calla.

De pronto levanta la cabeza, sonriendo:

—Bueno, Antonia; me parece que nos estamos adelantando a los acontecimientos.

—¿Que nos adelantamos? Él hablará. Si no, el tiempo.

Laurita se levanta de la silla y se acerca al grupo:

—Déjame, Antonia; voy a sacar una cosa.

Antonia se aparta del mostrador.

Laurita tira de uno de los cajones y saca la revista, la famosa revista en que se halla contenida la carta rosa. Y se la tiende al actor cinematográfico.

—Muchas gracias, por su revista.

—Si quiere otra, se la puedo traer.

—Si es tan amable...

—Encantado.

Versallesco.

El actor recoge su revista y se retira con los dos últimos tertulianos que quedan en el salón.

Algunas parejas en las mesas del fondo. Menudea el público en la pastelería. Un público de circunstancias.

—Cuatro pasteles.

—Cien gramos de bombones.

Nada, en limpio.

El calor es insoportable. Pica el satén de los uniformes hasta el escozor rabioso. Ahí entran «el señor del cabello gris», su amiguita y la vieja acompañante. Ahora siempre saludan sonrientes a las muchachas de la pastelería —«las pobres chicas ésas, siempre atadas ahí detrás del mostrador»—. Seguramente no han olvidado el incidente de aquella tarde.

Pietro Fazziello se acerca a la pastelería. Tiene un paño limpio sobre el brazo izquierdo y las manos cogidas a la espalda.

—¿Todavía no sabe de su hijo, Fazziello?

—No. Ya hace tres semanas que no me escribe; no sé qué pasará.

—¿Hace más calor aquí que en su tierra, Fazziello?

—En verano, en todas partes hace calor.

Al anochecer, la encargada llega al mostrador de los pasteles. Anuncia que por comenzar mañana Paca a disfrutar sus vacaciones, Matilde pasará a sustituirla.

La noticia contraría a Matilde. Aunque sólo sea por unos días habrá de soportar el gesto hostil y las brusquedades de su jefa inmediata. Además, tendrá que acostumbrarse al trabajo del otro mostrador, distinto en todo a éste de la pastelería. Deberá aprender el manejo de la máquina de cortar jamón y del cuchillo de hacer los *sandwichs*, y habrá de estar todo el día, como Paca, con las mangas remangadas hasta encima del codo, fregoteando el cinc de la mesita y los recipientes de la nata y las fresas, y bajando al sótano en busca de botellines de leche. Luego, el teléfono, que está sonando a cada instante. Todo esto le es a Matilde profundamente antipático, y en particular el contacto con la encargada.

Esta noche la encargada está más cordial que de costumbre con «su» cliente del pastel de grosella. Han hablado del calor que hace y del clima magnífico que disfrutarán en San Sebastián. Como se ve, cosas singulares y del mayor interés.

—¿Usted no tiene vacaciones, Teresa?

—Sí; para la segunda quincena de septiembre.

—Ya en esa época casi podría usted decir que va a invernar.

—Es verdad.

—Yo este año no he salido de Madrid. Otros años he ido a pasar tres meses a un *chalet* que tengo en la provincia de Bilbao. Pero este año están los ánimos tan excitados por ahí fuera, que puede decirse que donde mejor se está es en Madrid. Si se pasa calor, al menos no se expone uno a que le fastidie una bala perdida.

—Tiene usted razón. Yo tampoco salgo de Madrid. Si acaso, me voy a Cercedilla, a casa de unas primas carnales. Pero este año, tampoco. Donde suelo ir por las noches es a Rosales o al Hipódromo. Allí se está muy bien.

—¡Qué casualidad! Yo también voy allí casi todas las noches. Es extraño que no nos hayamos visto alguna vez.

—Sí.

—Donde suelo ir más a menudo es al Hipódromo.

—¿Sola?

—Sí. Como no tengo a nadie, hago lo que me parece.

—La libertad es algo maravilloso. Pues, nada, a ver si una de estas noches coincidimos en el Hipódromo, Teresa.

—No será muy difícil.

Cuando se retira «su» cliente, la encargada exclama, dirigiéndose a Paca:

—¡Qué simpático es este señor! ¿Verdad?

—Sí.

«Sí». Aunque apenas se ha fijado en el cliente del pastel de grosella. No podría recordar exactamente cada una de sus facciones, ni siquiera su apariencia física. Pero por nada contradeciría ella a la encargada.

18

Marta da varios paseos a lo largo del mostrador. Sus manos se mueven entre bandejas sucias y limpias, sobre tableros de género recién llegado de la fábrica. Sus ojos atisban. Enfrente, en el mostrador de los fiambres, Matilde trabaja con los redondos brazos desnudos. A la izquierda, Antonia y la encargada desayunan con parsimonia. Al otro extremo del salón, los dos camareros de turno hacen su limpieza cotidiana. La vieja asistenta acaba de subir a limpiar los retretes.

Se oyen los golpes de mazo que el florentino descarga sobre un bloque de hielo.

Marta introduce dos dedos entre los papeles de envolver que hay encima del mostrador y saca una peseta, que ha guardado hace unos momentos; seguidamente se lleva la mano a la pierna, como si fuese a rascarse, y se mete la moneda en un zapato. Bien sencillo. Un poco de discreción, habilidad y limpieza en el movimiento. Y, nada. Concluido. Estos minutos que dura el desayuno de Antonia son los más propicios al escamoteo. A esta hora menudean los clientes, aun en pleno verano. Se cuida de reservar alguna «perra» de cada venta, y cuando hay diez se canjean. Luego ya no hay más que escamotearla con gracia. Y Marta se ha perfeccionado en esto. Si no hubiera sobrevenido el accidente de la primera peseta, quizá no hubiera pensado nunca la muchacha... Pero surgió y, con él, un lapso de comodidad —diez viajes «Red de San Luis-Guindalera»; diez viajes que antes había que hacer a pie— y la tentación, la obsesión de que «la cosa» puede realizarse en la certeza de la impunidad. Bastan un poco de cautela y habilidad. Marta descubre de pronto que posee para esto habilidad de persona experta. Primero hubo para viajes en tranvía; después, para medias; en lo sucesivo habrá para zapatos y vestidos, y con paciencia, hasta para un bolsillo «moderno». Su temor a ser descubierta desapareció en absoluto. Ni siquiera recuerda que lo tuvo alguna vez. Antonia parece no apercibirse de los hurtos. Y en caso de que alguna vez fallara la cuenta del día, es bien fácil justificar la desaparición de una peseta. Marta realiza sus hurtos fríamente, sin el menor escrúpulo. Los justifica diciéndose: «Más nos roban «ellos» a nosotras. Ya que una trabaje, al menos tiene derecho a ir vestida. Con lo que se gana, ni para alpargatas». El traslado de Matilde al otro mostrador favorece sus planes. Siempre es un testigo menos. Y Laurita viene muy tarde al salón.

Cuando concluye el desayuno, Antonia lleva el servicio sucio a la cocina y vuelve al mostrador de la pastelería con el botellín de leche para Marta entre los paños de la limpieza, como acostumbra.

—Matilde está echando las muelas—dice al llegar.

En el otro mostrador, Matilde trabaja bajo la dirección de la encargada.

—El cinc de la mesita ésta tiene que estar siempre muy limpio. Siempre tiene que haber aquí arriba, por lo menos, una docena de botellines de leche. Ya sabe usted dónde están: abajo, en la frigorífica. La máquina de cortar jamón se maneja muy sencillamente. Mire, así. Desde luego, aquí hay más trabajo que en el otro mostrador. Allí enfrente no hacen ustedes en todo el día más que tocarse las narices.

Matilde ni siquiera le contesta.

—Por más que diga Antonia, yo no sé qué pueden hacer allí todo el santo día tantas mujeres.

«Bueno, habla. Ya ves el caso que te hago».

Entra Laurita. En la cabina se encuentra con la vieja asistenta.

—Vaya; ya era hora de que le tocase a esta pocilga.

—Claro que sí. Pero, ¿qué quiere usted? Soy sola para todo. Demasiado hago. No puedo estar en todas partes.

Nunca ha estado Esperanza tan comedida al hablar con una dependienta. Pero es que Laurita no es un número más del personal: es la ahijada del jefe supremo. Y esto no es cosa que ignore la vieja asistenta.

Laurita se coloca el uniforme, se peina, se retoca los labios y sale de la cabina.

Sus ojos tropiezan con la mesa «de» la tertulia de artistas cinematográficos. ¿Le traerá hoy la otra revista «su» galán? Es un hombre guapo, simpático y seguramente de un gran talento artístico. Y está interesado en relacionarse con ella. Tal vez la ame ya un poco. Tal vez. Laurita se siente optimista y feliz. Llega al mostrador de la pastelería y le da un azote a Marta.

—¿Qué hay chica? ¿Y tú, Antoñeja?

—Quita, mujer, que me has hecho daño en los riñones.

—¿Has visto a Matilde, con guantes blancos?

Laurita hace muecas a Matilde, que pasa un estropajo enjabonado a la mesita de preparar los *sandwichs.*

Marta sube al retrete.

La escalera de acceso a los retretes es estrecha y breve. No tiene ni un mal ventanillo al exterior. Al final hay un espacio en cuadro, nada amplio, en cuya techumbre luce un globo blanco de porcelana como los del salón. Se encuentra el público, llegando arriba, tres puertas. Sobre dos de ellas se leen dos letras esmaltadas: *W. C.* En otra: *Dirección*. Marta entra en uno de los retretes y se encierra en él. Ante todo, vuelve la ventana, abierta a un patio estrecho a cuyo fondo se ve una cristalería cubierta de tela metálica, perteneciente al comedor de una pensión inmediata. El piso del retrete es de falsos mosaicos, en los que hay dibujados complicados triángulos. Reluce de limpio. Lo acaba de fregar la vieja asistenta. También brillan las losetas blancas de las paredes y el espejo del lavabo, blanco, con toalleros de níquel. Marta saca un *brioche* de cada uno de sus bolsillos y se lo come, sentada sobre la tapa del retrete. La masa amarillenta y seca se le apegota en la garganta. No vendría mal ahora otro botellín de leche. Hoy no le fue posible tomar sus bollos: Laurita se dio un madrugón extraordinario. Y he aquí a Marta comiéndose sus secos *brioches* con gran trabajo. «Parece que estoy comiendo esponja». Hace funcionar el grifo del lavabo y se bebe un trago de agua. «Está como meaos, de caliente». Se descalza y saca la peseta. Bajo las medias transparentes apuntan las uñas, rapadas. Se vuelve a calzar, saca del pecho un pañuelo y envuelve en una de sus esquinas la moneda. Levanta su ropa hasta la altura del pecho y se ata el pañuelo a la cinta de la braga. Inmediatamente se coloca las ropas, arregla el cabello... Está ante el espejo oval del lavabo, erguida, grácil. Sus ojos son negros; sus pestañas, negras, rizadas; el color de su tez, oscuro, pálido. Su boca, grande. Sus dientes, perfectos. Su torso, estrecho, y su cuello, demasiado delgado. Se encuentra bastante bonita. Se sonríe. «Hay que engordar un poquito, Marta». Se perfila y entonces se le acusan los incipientes senos en punta.

El contrapeso del ascensor de la casa sube y baja pegado a la pared del patio, oscureciendo el retrete a intervalos y poniendo temblorosas sombras en el rostro de Marta.

La cual abre la puerta y sale del retrete.

Cambia el color ambiente. El ocre sustituye al blanco brillante de las losetas.

Laurita y Antonia están sacando de unos cajones del mostrador de la pastelería varias cajas de cartón roídas por los ratones. Dentro de ellas hay zapatos de chocolate rellenos de bombones. Los zapatos también están roídos por varios sitios.

—¿Lo ves? Ya decía yo —habla Antonia—. Hace días que vengo viendo en los cajones cagadas de ratón. Hay que decir a la encargada que compre polvos o alguna otra cosa que descaste a estos bichos.

—¿Y esto se tira? —pregunta Marta.

—¿Qué? ¿El chocolate? Claro.

—Es que si lo van a tirar, me lo llevo.

—¿Esta porquería te vas a llevar?—pregunta Laurita.

—Anda, para mis hermanos. ¡Qué saben ellos!

—¡Qué asco!

«¡Qué asco!» Eso puedes decirlo tú, niña de la clase media, a quien no habrá faltado nunca el juguete o la golosina tradicional, aunque tus vestidos y tus sombreros hayan sido siempre «caseros». Pero hay unos niños que sólo han visto estas golosinas rituales en los grandes escaparates, inasequibles; niños que, ganándose ya su pan, no conocen el tacto ni el sabor de estas golosinas exquisitas.

—Bueno. Yo me lo llevo.

Marta envuelve en un papel los zapatos roídos.

Con alegría infantil.

Laurita no oculta un gesto de repugnancia.

«No sé cómo puede haber personas con tan poco estómago».

Da media vuelta y se pone a despachar a una clienta.

—Han estado ustedes en huelga, ¿verdad?

—Sí, señora.

—Así, el otro día vi cerrado. Al pronto pensé si sería por defunción; pero me dijo el vendedor de periódicos de la esquina que estaban en huelga. Yo creo que los obreros siempre tienen razón para protestar.

—Ya lo creo.

—Es lo que yo digo a mis amigas, cuando me hablan de las exigencias de los trabajadores y de las huelgas: «Si nosotras estuviéramos en su pellejo, haríamos lo mismo». ¿Cómo voy a pensar yo, que me levanto casi al mediodía y me encuentro todo hecho y el desayuno en la mesa, como, por ejemplo, una de ustedes, que están todo el día al pie del cañón?

—Naturalmente, señora.

Pero se da también la clienta de oposición:

—Estuvieron ustedes en huelga el otro día, ¿no?

—Sí, señora.

—¡Yo no sé! Cada día están peor los obreros. Yo no he conocido nunca tantas huelgas. Y antes sí que estaban mal los trabajadores: tantas horas de trabajo y unos jornales tan pequeños. Pero ahora no se pueden quejar. Ahora están como quieren. Ellos son los que ponen peor las cosas, con tantas exigencias.

—Tiene usted razón, señora.

Laurita es la dependienta ideal.

En el otro mostrador, Matilde saca fresas de una caja de cartón y las va colocando en un ancho frutero de cristal.

La encargada le dice:

—Hay que tratar las fresas con gran cuidado. En aquel mostrador tratan las cosas de cualquier manera. Así devuelven tantos pasteles estropeados a la fábrica.

«Bueno. Ya ves el caso que te hago».

19

La tercera revista cinematográfica fue portadora de otra tarjeta transparente: «¿A qué hora termina su turno?»

La respuesta fue: «A las nueve».

Ahora la espera cada noche en una esquina próxima al salón de té. Laurita se siente envanecida en sus relaciones con el actor. Que es jovial, simpático y de un optimismo encantador. Ahí espera, como un hombre vulgar cualquiera. Laurita sustenta el criterio de que un hombre «extraordinario», por ejemplo, un actor cinematográfico, está obligado, por efecto de su profesión, a comportarse en la sociedad de un modo muy distinto a un ente adocenado. Y «su» galán anda, se sienta y se suena la nariz como cualquier simple «horterilla». Lo que le hace exclamar ante sus amistades: «¡Es de una extraordinaria sencillez!» Antes de ir a casa suelen dar un paseo por las calles céntricas. Laurita es muy joven y posee una viva imaginación. Su novio es guapo, «sencillo», y seguramente de un gran talento artístico. Para el otoño trabajará en su primera película sonora. Que obtendrá un gran éxito. Tras del cual llegarán las ofertas de las más prestigiosas firmas extranjeras. Laurita tiene una imaginación fogosa. Ya, ante ella, se abre un vasto horizonte. En cuyo centro brilla, con reflejos áureos, Hollywood.

—Tú, Laurita, ándate con tiento con ese cómico. Esos tipos no son de fiar.

—¡Bah!, Antoñeja; pareces una mujer antigua.

—Bueno; tú ándate con ojo.

«Estas mujeres maduras son terribles; se asustan de todo lo que huela a artista».

Laurita tiene diecinueve años y es asidua lectora de novelas frívolas traducidas del francés.

Antonia cumplirá cuarenta y cinco años el próximo enero. Antonia no conoce otra literatura que la de un libro de cocina que heredó de su madre, y cuyas fórmulas no ha utilizado nunca.

—Tú fíate.

Pero, en el fondo, su preocupación es la cuenta del día. Al cabo de los años la cuenta del día ha fallado varias veces, y Antonia ha cubierto los pequeños desfalcos con dinero propio. Pero los desfalcos vienen perpetrándose con regularidad, y Antonia piensa que va llegando el momento de tomarlo en serio. Por lo pronto, ponerlo en conocimiento de la encargada y que ella obre en consecuencia. Es de suponer cómo procederá la encargada. Pero, ante todo, hay que vigilar a las chicas; asegurarse de dónde procede la mano ladrona. Sin una prueba testifical no se puede determinar... Es una cosa demasiado seria para obrar a la ligera. Antonia enseguida piensa en Laurita. A Matilde, ni la encarta en el asunto; instintivamente le confiere ilimitado crédito. También por convencimiento: Matilde lleva una semana agregada al otro mostrador y los pequeños robos —una peseta— siguen efectuándose. Marta, «porque sí», le merece también gran confianza. En cambio, duda de Laurita. Laurita adora los bellos vestidos, los zapatos costosos y, en fin, todo lo suntuario. Laurita opina que su oficial parentesco con «el ogro» la autoriza a retrasarse invariablemente en la hora de entrada al salón y a llevarse cuantos bombones y dulces se le apetecen. ¿Quién puede asegurar que no piensa lo mismo respecto de los ingresos de la casa? A Antonia no le inspira gran simpatía Laurita, de la que piensa: «Es una cursi de quiero y no puedo». La frivolidad, la volubilidad de Laurita, sus risas con los clientes, en particular con los actores de la tertulia cinematográfica, son cosas que disgustan a Antonia sobremanera. En resumen: el criterio de Antonia señala a Laurita como autora de los pequeños robos que vienen realizándose regularmente en la pastelería desde hace algún tiempo. Pero, como pensó anteriormente, no se debe acusar a nadie sin una gran seguridad, sin una prueba irrefutable. Lo difícil es llegar a la consecución de esa estimable prueba. «Pues hay que conseguirla», ha dicho la encargada esta mañana, cuando Antonia le habló del caso. En su interior, también la encargada culpa a Laurita. Las «libertades» de ésta, sus «abusos», por sí sólo autorizan la sospecha. Lo magnífico sería decir «al ogro»: «Ahí tiene usted su ahijada, su ojito derecho, para quien yo misma no soy más que un espantajo; ahí la tiene usted, una ladrona. No contenta con llevarse el género que le parece, se guarda el dinero del cajón». Esto sería estupendo. Humillar a Laurita. Verla salir del salón «con las orejas gachas», expulsada «por ladrona». Pero hay que tener pruebas de su delito. Por ejemplo, sorprenderla *in fraganti*. Eso constituiría un gran triunfo para la encargada.

Marta puede permanecer tranquila. Nadie desconfía de ella. Marta sigue sin la menor inquietud haciendo sus planes. «Ante todo, unos zapatos. Estoy descalza». Sin que le sugieran la más ligera sospecha las frecuentes visitas de la encargada a la pastelería.

La encargada ha preguntado varias veces por Pietro Fazziello. Nadie le ha visto en el salón durante las primeras horas de la mañana.

—¡Qué raro que no haya venido el italiano!

Tal vez esté enfermo.

La encargada inquiere también si ha dado algún aviso telefónico; pero nadie lo ha recibido.

Cerca del mediodía comparece el italiano en el local. Viene más pálido que de ordinario. Sus ojos están muy encarnados y sus párpados cuelgan flácidos y amoratados. Ha sufrido la noche pasada una terrible neuralgia. Cuando ayer llegó a la pensión encontró una carta, cursada desde Roma por un desconocido, en la que se le dice que su hijo ha muerto en virtud de un encuentro entre comunistas y esbirros de Mussolini. Ya está solo Fazziello. Ya no tiene hijo. Pero Fazziello no puede acostumbrarse a la idea de que su hijo ha acabado. Cuando piensa en ello, «de pronto» experimenta la misma impresión que ayer tarde, al leer la carta del desconocido. Fazziello «no puede» creer en la muerte de su hijo, porque no ha visto a su hijo muerto. Sus detenciones, «sí». Fazziello ha visto en la cárcel a su hijo en varias ocasiones; le ha visto detrás de unos hierros negros, sobre el plano oscuro de una celda pegajosa de fría humedad; y cuando las cartas del hijo dicen: «Estoy preso», él lo ve, allá, en la misma actitud que la última vez y cree oírle decir como entonces: «Cuídate, papá; yo saldré pronto». Pero «esto» de ahora, no. No puede Fazziello admitir que su hijo haya quedado allá lejos, tendido sobre cualquier calle, desangrándose como un cerdo.

—¿Por qué ha venido usted, hombre ? —le dice la encargada.

—Todavía puedo hacer algo.

—Márchese, hombre.

—No. Aún puedo hacer algo.

Fazziello se marcha a la cocina. Los camareros comentan:

—¡Qué canalla de gentuza!

—Aquello debe estar aún peor de lo que está esto.

—¿Peor que esto? ¡Quiá! También aquí los trabajadores caen como chinches en las calles; lo que pasa es que no vemos las cosas de cerca. En Madrid hay más burócratas que otra cosa; pero en Andalucía y Extremadura y por ahí por donde predominan los campesinos y los obreros industriales…

Pietro Fazziello sale de la cocina atándose el delantal y se dirige al sótano.

Allá lejos ha quedado en medio de una calle, como un guiñapo, magullado, roto, solo. ¡Solo! Durante algún tiempo se arrastró por los suelos y caminó torpemente, agarrándose a las sillas y a los muebles de la casa; su carita era sonrosada y su boca sólo profería balbuceos; luego se afirmaron sus piernas y su voz, y empezó a «ganarse la vida», y sus manecitas tiernas comenzaron a deformarse. Y fue un luchador, pleno de optimismo y fuerza vital. Y ahora está muy lejos, agujereado por plomo fascista; destrozado y solo.

Fazziello golpea sobre los bloques de hielo lentamente. De pronto, se sienta en el último peldaño de la escalera y llora.

20

Su mano pequeña, expedita en el escamoteo, fue detenida por otra mano ancha y dura.

—¿Conque eras tú?

«Tú». Ya no merece otro tratamiento. Es una vulgar ladrona. ¡Lástima que no haya sido Laurita! Una verdadera lástima.

—¿Conque eras tú, eh?

Marta permanece muda, fría. Su mano se ha abierto, dejando caer la moneda de plata en la mano de la encargada.

Se acerca un *botones* y pide un pastel de pescado.

La encargada le sirve.

Marta está quieta, pegada a la pared.

—Esta tarde no vengas. Y da gracias que no te mande detener. ¿Cuánto tiempo llevas robando?

Marta está entontecida. El golpe ha sido inesperado.

—¿No contestas? Es igual. Lo sé. ¡Cualquiera iba a pensar de la mosquita muerta!

Cruza a su mostrador.

Laurita llega de la cabina.

—¿Qué te ha pasado con «la gallina»?

Marta se encoge de hombros.

—No la hagas caso, chica.

La encargada se encuentra en su mostrador con Antonia, que regresa de la cocina con dos bandejas limpias.

—Ya cayó, Antonia.

—¿Quién?

—La he cogido con las manos en la masa.

—Pero, ¿a quién?

—A la pequeña.

—¿Marta?

—¡Claro!

—¡Uy!

—Como mis zapatillas son de fieltro, no me oyó llegar. Cuando llegué acababa de despachar y estaba guardándose la peseta en un zapato.

—¡Mujer!

—Ya la he despedido. Pero habrá que tener mucho cuidado durante la mañana, no vaya a meter mano al cajón.

—No se puede una fiar de nadie.

—No le está mal a don Fermín, por admitir al personal sin informes. No se puede ser tan bueno. ¡Y aún tenemos valor a hablar de los jefes!

—Ya usted ve.

Matilde escucha sin intervenir. Claro. El explotado, además de un estómago, posee una envoltura física susceptible del frío y del calor, y a la cual necesariamente debe cubrir, según sus posibilidades económicas. Cuando estas posibilidades no existen, se busca el medio de obtenerlas, en la forma que sea.

Los propietarios de comercios debían de procurar, por su propio interés, que el estómago de sus dependientes estuviese siempre satisfecho y sus pies bien calzados.

—No se olvide de vigilar bien a ésa, Antonia.

—Descuide usted.

Antonia llega a la pastelería.

Laurita desempolva uno de los escaparates. Ante ella cruzan los tranvías, medio vacíos. Un hombre, subido en una escalera, fija el programa del día en la portada del *cine* de enfrente. Un chico friega la muestra de una tienda de discos para gramófonos y efectos de radiotelefonía. Los barrenderos urbanos limpian la calle. Cruza un hombre con una cesta de flores sobre la cabeza. El sol reluce en cristal, porcelana y níquel de escaparates.

La vida es bonita. El color rubio claro de las cosas exteriores la llena a una de optimismo y al propio tiempo de rabia, por estar aquí dentro, «atada a esta bata fúnebre», con este calor pegajoso.

—Oye, Laurita: haz el favor de despachar.

Laurita deja el escaparate y despacha.

Marta, también.

Antonia hace números en un libro de notas. Luego, Laurita vuelve al escaparate y Marta arregla las bandejas de los bombones. Antonia no le ha dirigido la palabra desde que ha vuelto de desayunar; pero, indudablemente, algo sabe. Marta ha recibido un golpetazo enorme. Otra vez a la calle, a rodar. Aquí se está bien. Se gana poco, pero no se pasa hambre, al menos. Y, de pronto, todo acabó. A correr de un lado para otro de Madrid. A chocar con la rijosidad de los hombres. A fregar platos y a lavar ropas malolientes. Pero esto también es difícil de conseguir. Para cada vacante se presentan centenares de mujeres, y entre ellas son preferidas las más fuertes, las de apariencia más robusta. Marta es muy joven y demasiado endeble. Además, hace falta un documento que acredite la buena conducta… Sobre todo, le aterra volver a su casa con la mala nueva del despido. Allí está su hermana, pálida y demacrada, inclinada sobre una tina llena de ropa, mientras la chiquitina se desgañita en la cama entre pañales mojados; está su padre, cada día más angustiado y taciturno.

—Antonia; yo le juro que es la primera vez que hago «esto».

Antonia calla.

—¿Cree usted que habría medio de arreglarlo?

—¿Cómo de arreglarlo?

—Vamos, que no me pusieran en la calle.

—No.

Antonia parece obstinada en no hablar, y al hacerlo se expresa precipitadamente, no sin cierta confusión. Le disgusta sobremanera que haya sido Marta quien… Precisamente Marta. Su dilecta. Verdaderamente, no puede una fiarse de nadie. «Tiene razón la encargada; dicen que si los jefes… Pero no hay derecho a esto, tampoco. Viene de la calle, sin recomendación ninguna; la reciben y, en agradecimiento, anda. Lo malo es que estas cosas las pagamos después las que quedamos adentro».

Antonia, anchota, blanda, pasos de pato y ojos bobalicones, cierra el libro de notas, lo guarda y entabla una charla banal con una clienta.

Marta despacha torpemente. Por dos veces ha equivocado los pedidos del público. Se siente muy sola. Átomo en medio de una apretada muchedumbre. Tropieza en piernas y en hombros duros, y oye frases ininteligibles: «Seis *puddings*». «Mis señores vienen hoy de Deauville».

Último día de agosto y final de vacaciones de Paca. La próxima semana las disfrutará Antonia, y después, la encargada.

Mañana se reintegrará Matilde a la pastelería. En los primeros días de septiembre aumentará la afluencia de público en el salón de té. Surgirán las muchachas de piel yodada y dura, y risas detonantes. Se admitirán dos o tres camareros y tal vez alguna dependienta en la pastelería. La vieja asistenta empezará a gruñir y a quejarse del reuma y de la humedad y el frío del sótano, como todas las temporadas. Pietro Fazziello suspenderá la elaboración de los helados. Quizá se vaya a su país. Y quizá se quede en España. Probablemente se quedará. «¿Qué voy a hacer yo allí solo?». Sus párpados lacios caen sobre unos ojos apagados, llenos de cansancio y dolor.

En este instante golpea lentamente sobre el hielo.

Marta envuelve una docena de pasteles, cuenta el dinero de la venta y lo arroja deprisa en el cajón. Enfrente está la encargada, con una fría sonrisa en los labios delgados. Se le ven unas encías descarnadas y pálidas. Está Matilde. Ahí los camareros, portando dos servicios. Aquí Laurita, despojando de su envoltura a un bombón.

—Oye, Antonia: ¿has probado los bombones que trajeron ayer?

—No.

—Mira, éste es de almendra; riquísimo. ¿Y tú, Marta?

—No.

—Debes probarlos todos. Y los pasteles, también. A lo mejor el público la pregunta a una por la clase de un producto, y una no sabe qué contestar. ¿Comprendes?

Antonia saca de un cajón un palillo de dientes, pincha un pastel de crema y se lo lleva a la boca.

—Estos pasteles están agrios. Ya sabéis que en este tiempo la crema no resiste más de un día. Hay que procurar despachar ante todo los pasteles y las tartas que tengan crema. Y si queda alguno, se prueba al otro día. Estando feo, se retira. Sobre todo se debe cuidar de dar al público que se sienta en el salón, los más frescos. Hay que tener esto muy en cuenta.

—Bueno, Antoñeja, no gruñas; que estás copiando de «la gallina».

—No gruño; es la verdad.

Antonia retira varios pasteles y los mete en un cajón del mostrador. Es el cajón del género averiado, que se devuelve cada mañana a la fábrica. Hay en sus paredes pellas de *chantilly*, de crema y chocolate, y alguna guinda almibarada.

Brilla el níquel en perchas, en lámparas y en mostradores. Están todas estas bandejas repletas de golosinas; estas pirámides, ya familiares, de bollos y hojaldres calientes, y ese ruido adormecedor de los ventiladores y los mazazos que descarga en el sótano el italiano. Todo esto habrá desaparecido para siempre dentro de unas horas. ¿Qué vendrá a sustituirlo? Esto es de todo punto incontestable.

Entra una anciana astrosa y se dirige a Marta:

—¿Podría darme alguna cosa, jovencita?

Antonia responde:

—Dios la socorra.

—Hace dos días que no como.

—Dios la ampare.

—¡A ver si tiene por ahí algo que no sirva!

—Oye, Antonia...

Laurita indica a su compañera el cajón del género retirado.

—No podemos dar nada.

La anciana va a gruñir alguna cosa y la encargada le grita:

—Vamos; no moleste más. Ya la han dicho que no se puede dar nada.

La anciana se retira.

—¡Qué grosera es esa «gallina»! —dice Laurita.

—Es verdad que no se puede dar nada —repite Antonia.

—Bueno; pero hay modos de decir las cosas. ¿Y por qué no se puede dar nada? ¿Y las cosas estropeadas?

—Tampoco.

—Pero son cosas que no sirven.

—En la fábrica lo aprovechan todo.

—Pero habrá cosas que no puedan utilizar; por ejemplo, los pasteles de crema agria.

—Claro que no.

—¿Y qué hacen con ellos ?
—Los tiran.
—Pero esta pobre gente lo aprovecharía.
—¡Fíjate!
—Está muy mal que no se lo den.
—Bueno. Eso díselo a tu padrino.

21

Laurita cierra la puerta de la cabina y enciende la luz.

Ya están todas afuera, cada cual a lo suyo. La encargada la ha mirado y sonreído irónicamente: «Buenos días, Laurita». Laurita ha simulado no advertirlo.

Al empezar a desnudarse la estremece un calofrío intenso, la hace temblar. Cuelga el vestido de calle. Enseguida, su mano temblona busca uno de los senos, lo palpa, oprime el pezón, breve y oscuro, y unas gotas amarillentas y espesas se le derraman sobre el fino opal de la camisa. La secreción ha fluido antes sobre la seda del sostén y se ha secado en ella. Pronto sus caderas ensancharán y su vientre comenzará a deformarse. Quizá ya ha ensanchado bastante. Su madre le dijo anoche: «Tú estás algo más gruesa, pero no más fuerte. Este mes no has tenido «eso» y el anterior tampoco. Seguramente estás débil». Pronto será imposible ocultar la situación. ¿Qué ocurrirá entonces? Laurita vuelve a temblar de frío. Se viste deprisa el uniforme y sale. Sin retocarse los labios ni mirarse al espejo. Cuando deja la llave en el mostrador de la encargada, oye decir a Antonia en el teléfono:

—No me han traído los pastelillos para rellenar que encargué anoche. Necesito que me los manden antes de las doce.

Matilde limpia los cajones del mostrador y coloca en ellos los bollos.

La dependienta que ha ingresado en sustitución de Marta friega con un periódico húmedo la vitrina de los pasteles. Es una muchacha gruesa, informe, de una blancura de pescado. Tiene unos ojos inexpresivos, cuyo color no puede determinarse. Su carácter es simple. Todo lo acepta sin reflexión. Todo lo encuentra bien. Cuando habla, sonríe invariablemente. La encargada la ha definido a su modo: «Tiene aire de vaca satisfecha». Trabaja concienzudamente y sabe halagar al público. «El ogro» le inspira un temor especial. Cuando lo ve llegar al salón, le acomete una nervosidad que no la abandona hasta que él deja el local. Cuando le oye chillar, con su voz atiplada y ridícula, le tiemblan las piernas.

Hace más de un mes que fue restablecido el régimen de «salidas».

El otoño se ha presentado frío y desagradable.

El salón aparece cada tarde colmado de público. El ambiente se enrarece de aromas diversos. El humo de los cigarrillos se engancha en las lámparas de la electricidad. Los aparatos que renuevan la atmósfera zumban incansables encima de los escaparates.

La encargada no cesa de perforar *tickets* de servicio, mientras Paca duplica su actividad en el mostrador.

Pietro Fazziello se ha quedado, al fin, en el salón de té. Una segunda carta del desconocido conterráneo le ha hecho el relato detallado y cordial de los últimos momentos de su hijo; de cómo sus camaradas de lucha le han acondicionado fraternalmente en su lugar definitivo. También contenía la carta palabras sensatas de consuelo a Fazziello y hacía constar, en sentidas frases, el lugar preeminente que había conquistado el compañero al engrosar la muchedumbre de los héroes anónimos sacrificados a la revolución social. «Bueno, sí; todo eso es muy bonito, pero yo me he quedado sin mi hijo. A mí me tienen sin cuidado los que vengan detrás». Ahora anda ahí, confundido entre los demás camareros del establecimiento, caídos los párpados sobre la perenne tristeza de los ojos oscuros.

No se ha vuelto a saber de Cañete. Sus relaciones con la encargada parecen haberse roto totalmente. Ahora ella tiene gran amistad con el cliente del pastel de grosella; se les ve juntos en los paseos y salas de espectáculos. Desde que formalizó su amistad con el presunto comandante, la encargada hace planes con miras a un porvenir próximo y habla de establecer un modesto negocio de mercería. «Tiene una que mirar por que la vejez no la pille desprevenida».

Paca, tan apegada al convento y a las monjas como acostumbra. Vive aterrorizada por los acontecimientos políticos del país: expulsión de los jesuitas, confiscación de los bienes a los religiosos, enseñanza laica en las escuelas. Paca se persigna sobrecogida de horror. Los hombres tientan la paciencia de Dios. Seguramente se aproxima el fin del mundo. Otro cataclismo universal amenaza a los hombres; otro diluvio, o algo semejante. Tienen razón las «madres».

—Estás pálida, Laurita.

Me duele mucho la cabeza.

—Yo tengo un calmante en el bolsillo.

—Gracias, Antonia; no me gustan esas porquerías.

Matilde y Antonia comprueban el género que llegó hace una hora de la fábrica.

—Oye, Laurita, lo que me dice Matilde: ha visto a Marta; se ha «echado a la vida».

—¿Sí?

—Mejor quisiera no haberla visto.

—¿Cuándo ha sido? ¿Ahora?

—No; anoche. Salía de un *cine* de la Gran Vía con otra chica de muy mala pinta.

—Bueno; pero, ¿cómo te has enterado?

—Me acompañó al tranvía. Dejó a la amiga y se vino conmigo. Vive con un ingeniero alemán. Está muy contenta.

—¿Pero cómo llegó a... ?

—¡Bah! Es bien fácil. Después de salir de aquí por lo que salió, ¿cómo iba a encontrar donde trabajar, según está todo y sin un certificado de buena conducta? Son cosas que se ven todos los días; pero que, viéndolas tan de cerca, siempre la sorprenden a una un poco.

—¿Iba bien?

—Sí; muy guapa.

—¡Ya ves!

«Bueno; ¡llegar a "eso"! Pero todo es preferible a esta

incertidumbre de no saber lo que pasará; de no poder mirar al porvenir de frente», piensa Laurita.

La determinación de Marta ha soplado un viento de tristeza sobre las muchachas de la pastelería.

Paula, «la nueva», coloca bajo la vitrina anchas bandejas colmadas de pasteles. Resume, a través de la conversación de sus compañeras, que se trata de alguna antigua dependienta de la casa, y le pregunta a Antonia:

—¿Es alguna chica que estuvo aquí?

—Sí.

«Todo es preferible a "esto", que irremediablemente ha de llegar si antes no se destruye; porque puede destruirse». Laurita siente que su seno endurece con el correr de los días, que sus pezones se tornan oscuros, que ensanchan de un modo alarmante. Espera, con temor, que de un momento a otro la sacudida del nuevo ser la estremezca, como momentos antes la humedad en la cabina oscura.

Suena el teléfono.

La encargada acude y reaparece enseguida:

—Una de la pastelería al aparato.

«La nueva» recibe el recado.

—Preguntan del «Porto» cuándo van a mandarse los bollitos para rellenar.

—¡Y no los han traído aún! —exclama Antonia—. Di que enseguida van. A ver ahora cuándo viene ése. ¡Le vas a tener que meter en cintura, Matilde; tiene una pasta!

—¡Bueno!

El chico del género continúa sin atreverse a abordar francamente a Matilde. Únicamente, ayer le dijo al salir:

«Me gustaría acompañarla una tarde, señorita Matilde». Ella guardó silencio y él salió disparado del salón, confuso y sin añadir una sola palabra. Y esta mañana apenas la ha mirado al darle los «buenos días». Al parecer olvidó lo de ayer. O al contrario: lo tiene bien presente y este recuerdo le turba con exceso. «¡Cosa más simple de hombre!», exclamó hoy Antonia, al observar la frialdad del muchacho de la nariz de loro hacia Matilde.

Ésta recuerda su encuentro con Marta. Marta estaba más guapa y algo más gruesa; más acusados los senos y las caderas. Reía con una risa sana, feliz. (¿Por qué no?) «Como bien y tengo veinte duros en el bolsillo». Intentó invitar a Matilde. «No, gracias; no puedo entretenerme. Ya sabes que vivo muy lejos». Le brillaban los ojos bajo el fieltro blanco del sombrero. Una de sus manos, enguantadas, oprimía el brazo, oprimía la manga rozada del abrigo de Matilde. «Ya ves, las cosas vinieron así». Se llega fácilmente a «eso» cuando en casa hay una hermana medio tuberculosa y un padre «parado» hace más de un año, y una madre con los huesos deformados de tanto lavar ropas ajenas; una madre que gruñe incansable, incesantemente... Y una chiquitina vestida de limosna. Se renueva la experiencia infructuosa de la búsqueda de trabajo, dispuesta a desempeñar «lo que salga», y luego de muchos «No hace falta», se abandona una y se deja «conducir» captada por el anuncio inmoral, en el que se adivina la salvación: «Doña Patro relaciona personas decentemente», hasta el hotelito aislado, alcahuete. «Aquello era una esclavitud enorme. En esas casas no se dispone de la menor libertad; no tiene una nada suyo.

Ahora estoy bien: tengo mi casa y no tengo que aguantar porquerías a tanto tío». «¿Tu familia?». «Mi padre se puso por las nubes; hasta dijo que me iba a matar. No le he vuelto a ver, ni a mi madre tampoco. Sé que están bien. Mi hermana es la que viene por casa muy a menudo, con su chica. Ya puedes suponer: la ayudo mucho. Ahora se ha puesto a coser por las casas. Pero tiene poco trabajo; ya sabes cómo están las cosas. Si quisiera, no le faltaría un hombre que la tuviera bien; aunque está bastante estropeada, es muy guapa; pero es así. Tiene unas ideas muy antiguas. ¿De qué te ríes? Le damos demasiada importancia a lo que no la tiene. Mi amigo, que es alemán y ha viajado por todo el mundo, dice que estas cosas no tienen ninguna importancia; que hay muchachas ricas que se pasan la soltería "divirtiéndose" y antes de casarse van a ver a un médico, y arreglado». Todo estriba en saber «no perder». Fíjate mi hermana: ésa sí que está bien perdida». Marta se ha renovado. Ha variado de conceptos, enriqueciendo su organismo en glóbulos rojos. Pero tampoco es «eso»; tampoco Marta está en el camino cierto de la libertad, de la emancipación. Marta hace de «eso» un fin, no un medio, y «eso» sólo puede estar menos mal (nunca bien) como un medio para un fin determinado; por ejemplo, estudiar aprovechando las facilidades económicas del amigo; hacerse una cultura emancipadora. «Sí; yo me voy a romper ahora los cascos estudiando». Marta parece estar muy segura de la estabilidad amatoria de su amigo; pero esa estabilidad no es, probablemente, más sólida que un puñado de sal en el agua. No; tampoco es «eso». Un día, el amigo se cansa y otra vez a rodar en pos de otra «Doña Patro»; ahora el camino está claro. A pudrirse las entrañas y el cerebro.

Surge el chico del género con un paquete debajo del brazo.

—Ya es hora —le dice Antonia.

—El que tomó la lista se olvidó del encargo.

—Ya me han preguntado antes por teléfono.

El muchacho deja el paquete encima del mostrador. Está al lado de Antonia, dirigiéndole la palabra. La bata azul que lo envuelve, le llega hasta los tobillos. Su perfil de loro le es a Matilde profundamente antipático. Lo adivina en el porvenir gordo, calvo, con unas alpargatas pringosas y esa nariz de loro y esa bata azul... Algo horrible.

—Bueno, señorita Matilde; ¿cuándo va a querer que la espere?

—No, déjelo; no me espere nunca.

Matilde ha contestado muy rápidamente. No. Imposible. Cuando ve desaparecer al muchacho se siente libre, completamente libre.

—¿Qué te decía? —le pregunta Antonia.

—Lo mismo. Ya le he dicho que no me espere.

—Allá tú, chica.

No. Tampoco es éste el camino.

Laurita parece aislada durante toda la mañana del resto de sus compañeras. Su drama íntimo la absorbe por entero. Por momentos crece su decisión de poner en práctica la inspiración de su novio: «Eso se puede destruir en los dos primeros meses sin el menor peligro».

Y esta misma noche, al encontrarse con él, le dice por todo saludo, apretándole una mano con fuerza:

—Dices que «esto» se puede deshacer sin peligro.
—Aún sí.
—Pues se deshace.

22

Matilde sale a una calle de arrabal, en cuyas aceras juegan los chicos.

Luego de haber andado unos cuantos metros se vuelve a contemplar la casa que dejó. Se trata de una casa alta, de construcción moderna, en cuyo frente hay incrustados varios miradores.

Ahí dentro, en una habitación reducida de paredes azuladas, queda el cuerpo exangüe de Laurita, envuelto en una sábana. Ayer tarde estaba en el salón de té, se movía de un lado para otro, sonreía llena de vida, hablaba, y ahora está inmóvil, marcado el rostro por una trágica amarillez, perdida hasta la última gota de su sangre juvenil.

Se oye cerca el triste silbido de la sirena de una fábrica, y Matilde se apresura. Anda sin ver, casi a tropezones. Le pasan como un *film* ante los ojos, rasgos fisonómicos, frases, colores: la cara de Laurita, un sillón al que faltaba uno de los brazos, un almanaque religioso, etc. «¡Dios mío; tan mirada que ha sido siempre esta hija, y ahora esto! ¡Qué vergüenza! ¡Que yo me tenga que ver en este trance!». Se advierte que lo que hace sufrir a esta madre no es el trance en sí, precisamente, sino la causa que lo ha motivado. Parece traspasada por el dolor, pero no olvida su posición social «honorable». Le llenan de terror las palabras del médico: «Bueno:¿quién ha provocado este aborto?» Le jura «por todos los santos» que ellos —el padre y la madre— no sabían nada del caso; que ignoraban incluso el estado de su hija. «Bueno; pero ella habrá confesado quién la hizo abortar». «Sí, señor; pero, ya, qué vamos a adelantar con denunciar a nadie: no la vamos a traer al mundo». «Pero esto no puede quedar así. No se trata ya de este caso concreto, sino de los crímenes que esa persona pueda cometer en lo sucesivo». «Bueno; pero nosotros no tendremos que intervenir, ¿verdad, doctor? ¡Verse una en esos trotes! Nosotros somos una familia muy decente».

Ante una fábrica de galletas se ha congregado un grupo numeroso de hombres y mujeres. A la puerta de la fábrica hay una camioneta, de la que unos mozos descargan cajones vacíos. Sobre uno de los cuales se ha encaramado una mujer. Que habla y hace gestos expresivos. Tiene esta mujer una cara ancha, demacrada, en la que ha impreso sus huellas una gestación dolorosa. El cabello, corto y lacio, lo sujeta con dos peinecillos detrás de las orejas. Calza zapatillas de paño azul oscuro. Un liviano abriguillo le ciñe el cuerpo, acusándole la preñez. Se expresa con torpeza, pero con un entusiasmo y sinceridad indescriptibles.

—Ya habréis visto que nos han cerrado el sindicato; pero con eso no adelantan nada, porque nos reuniremos aunque sea en medio de la calle. Y voy a decir que casi me alegro de que nos hayan cerrado el sindicato, porque esto es un motivo que me permite hablaros aquí y cogeros a todos juntos. Voy a ser breve y clara. Es necesario que las compañeras de trabajo que no estén asociadas se asocien inmediatamente; que no permanezcan cruzadas de brazos en estos momentos de prueba para la clase trabajadora; que se unan al movimiento y a la lucha de nuestra clase, la clase de los oprimidos. Ha pasado el tiempo en que se consideraba ridículas y hombrunas a las mujeres que se preocupaban de la vida social y política del mundo. Antes creíamos que la mujer sólo servía para zurcir calcetines al marido y para rezar. Ahora sabemos que los lloros y los rezos no sirven para nada. Las lágrimas nos levantan dolor de cabeza y la religión nos embrutece, nos hace supersticiosas e ignorantes. Creíamos también que nuestra única misión en la vida era la caza del marido, y desde chicas no se nos preparaba para otra cosa; aunque no supiéramos leer, no importaba: con que supiéramos acicalarnos era bastante. Hoy sabemos que las mujeres valen más que para remendar ropa vieja, para la cama y para los golpes de pecho; la mujer vale tanto como el hombre para la vida política y social. Lo sabemos porque muchas hermanas nuestras han sufrido persecuciones y destierros. Quiero decir con esto que, ya que los hombres luchan por una emancipación que a todos nos alcanzará por igual, justo es que les ayudemos; justo es que nos labremos nuestro propio destino. Antes no había más que dos caminos para la mujer: el del matrimonio o el de la prostitución; ahora ante la mujer se abre un nuevo camino, más ancho, más noble: ese camino nuevo de que os hablo, dentro del hambre y del caos actuales, es la lucha consciente por la emancipación proletaria mundial.

La mujer se exalta.

Sus compañeros la aplauden.

—Callaros, no nos vayan a echar de aquí. Enseguida termino. Yo os digo que en estos momentos terribles por que atravesamos los obreros es un crimen tener hijos; es un crimen lanzar nuevos seres inocentes al arroyo y al hambre. Pero aún hay algo peor, y ese algo peor es la guerra. Esa es la gran tarea que nos atañe principalmente a las mujeres: acabar con la guerra.

Yo os digo que el hijo que tengo aquí —se golpea el vientre con fuerza— no irá a la guerra. Pero no vale decir «no irá»: hay que poner los medios…

—¡Los de Asalto!

Algunas mujeres chillan. Todos corren. Matilde se refugia en un portal próximo.

Los de Asalto se lanzan contra los obreros que se han rezagado, blandiendo sus porras.

Matilde está estremecida por el horror.

—¡Qué bárbaros, cómo pegan!

La obrera embarazada recibe un porrazo en la frente y comienza a sangrar.

Matilde abandona el portal y corre al azar hasta salir a una ancha plaza, desconocida.

Cuando llega al salón de té, la encargada la interroga:

—¿La vio?
—Sí.
—¿Está muy desfigurada?
—No. Nada.
—Ande, vaya a despachar, que está eso lleno.

Ante la pastelería se agolpa el público. Es la hora de la adquisición de los postres. La cocinera, el ama de la pensión económica, la vieja de la clase media que regresa de la iglesia, etc., recogen sus tartas, sus pasteles, sus pastas para el té de la tarde.

El ambiente tibio del salón es sumamente agradable.

Matilde se incorpora a la actividad de la pastelería.

Cuando ésta decrece, Antonia se acerca a Matilde:

—¿La viste?
—Sí.
—A ver si me da tiempo de pasar por allí ahora. ¿Cuándo es el entierro?
—No se sabe aún.
—Y *él*, ¿no se ha presentado?
—No. Al parecer la acompañó a casa de una comadrona, que es quien le ha provocado el aborto con una varilla de paraguas.
—¡Qué horror! ¿Y cómo?
—Pinchándola la matriz, digo yo.
—Pero a esa mujer la detendrán ahora.
—Sí.
—¿No murió enseguida?
—No. De casa de aquella tía salió bien; pero, al acostarse, la sobrevino una hemorragia enorme, y ya hasta el fin.

—¡Qué pena de muchacha!

—Pero lo que a mí me ha indignado de verdad ha sido aquella madre, más horrorizada por la opinión de la gente que por la muerte de su hija; empeñada en tapar la boca a todo el mundo; repitiendo a cada momento que aunque su hija haya hecho lo que «ha hecho», ellos son una familia muy decente. Y tenía la casa llena de santujos. Un verdadero asco.

A las dos, Antonia y Paula se van a comer y Trini releva a Paca, que está libre de servicio.

A la encargada le sirven la comida en la mesa de costumbre.

Matilde pasa un paño por el mostrador y retira las bandejas sucias. Acabado lo cual se sienta. Está sola aquí, detrás de este mostrador oscuro bajo el que bullen los ratones. Enfrente, la encargada consume su abundante almuerzo. Trini corta jamón. Los tres camareros de turno empaquetan azúcar y pliegan servilletas de papel. Más tarde, concluido su almuerzo, la encargada se reintegrará a su mostrador y hojeará alguna revista de modas. Antonia y Paula volverán, y comenzará la tarde en el salón. Se oirán las risas contenidas, las charlas a media voz y las peticiones de los camareros, como de ordinario. Y vendrá el chico del género con su tablero de pastas sobre la cabeza. Sólo Laurita no comparecerá. Laurita permanecerá a un kilómetro de distancia, envuelta en una sábana blanca. Muerta. Muerta por la sociedad. Si Laurita hubiera poseído una cultura media, no hubiese estado dominada por prejuicios seculares de religión y tradición; hubiera procedido en forma muy distinta. Pero Laurita no ha leído más que novelas frívolas y argumentos de *films*. La perspectiva de un hijo ilegal entre los brazos la ha trastornado, empujándola al crimen y al suicidio inconsciente. La muerte de Laurita cae sobre la espalda de la sociedad.

Tampoco vendrá Marta. Marta anda por ahí, envuelta en su abrigo costoso, perfumada. En una hora indeterminada la acechan la sífilis y el hambre. También el caso de Marta atañe a la responsabilidad social, a la religión, que hace mujeres tímidas, lloronas e indefensas para la vida; que atrofia cerebros, extirpando en el individuo toda idea renovadora. Pero la sociedad no parece conmoverse por estos acontecimientos. Desde hace milenios vienen perpetrándose abortos ilegales y prostituciones sin que nadie se asombre por ello. La sociedad viene causando víctimas desde hace millares de años. Por lo tanto, no es una sociedad humanitaria. Es una sociedad llamada a desaparecer. Personas que estudian la evolución de la sociedad a través de los siglos aseguran que la sociedad actual se debate en sus últimas convulsiones vitales. La sangre de los humildes corre de Oriente a Occidente. Legiones de hambrientos pululan por las calles del mundo capitalista. Todos hablan de caos, de guerra, de revolución. Las religiones interpretan el momento del modo más conveniente a sus intereses. En cada esquina entregan al viandante folletos de propaganda religiosa. «Pecador: ¿ves aquel horroroso calabozo, lleno de fuego y humo? A él irás a parar si no cambias de vida».

Los católicos romanos. «He aquí, el Juez está detrás de la puerta». Los católicos protestantes. Folletos que se pierden en los bolsillos, junto con los del sastre y el peluquero. Mujeres se preparan a luchar contra la guerra, a luchar por su emancipación y derecho a la vida. No son mujeres de tipos estandarizados, con gafas de concha, corbata y un carterón de hule o cuero debajo del brazo. Las «de hoy» son mujeres «sin tipo», obreras miserables, con un hijo en el vientre; mujeres que, a veces, no saben leer.

Entra el chico del género.

Al verle, Matilde se pone en pie.

—Buenas tardes, señorita Matilde.

—Hola.

El joven deja el tablero encima de la silla y se retira.

—Hasta mañana.

—Hasta mañana.

«Esto», no. Ni «lo de Marta». Ni tampoco la inconsciencia de Laurita. Hay que destruir toda esta carroña. Destruir. Para edificar. Edificar sobre cimientos de cultura. Y de fraternidad.

«Antes no había más que dos caminos abiertos ante la mujer: el del matrimonio y el de la prostitución».

Cruza Pietro Fazziello. Sus dedos se enlazan a su espalda. Su frente se abate. «Allá quedó, atravesado por plomo fascista, destrozado y solo».

«Ahora, ante la mujer se abre un nuevo camino…».

—Señorita: un pastel de carne.

«Ese camino nuevo, dentro del hambre y del caos actuales, es la lucha consciente por la emancipación proletaria mundial».

La mujer nueva, «sin tipo», ha hablado y le ha respondido la pequeña Matilde.

Mas la mujer nueva ha hablado también para todas las innumerables Matildes del universo.

¿Cuándo será oída su voz?

Madrid, agosto 1932-febrero 1933.

A PROPÓSITO DE LA NARRATIVA DEL 27. LUISA CARNÉS: REVISIÓN DE UNA ESCRITORA POSTERGADA[1]

El proceso de revisión de la literatura de la Segunda República en los últimos treinta años ha permitido hallazgos de autores y de obras hasta entonces ausentes de las historias de la literatura española, ajenas hasta ese momento de menciones y reconocimiento. En las postrimerías del ya cerrado siglo XX, los redactores de dichos manuales se vieron obligados a un esfuerzo de síntesis para dar cabida a los numerosos escritores de relieve cuya producción literaria se consideró de interés.

[1] Una versión resumida de este trabajo se presentó en las XII Jornadas sobre la cultura de la Segunda República, organizadas por el Dpto. de Literatura Contemporánea de la facultad de Filosofía y Letras de la UAM (8-9 de abril de 2014). Algunos epígrafes se publicaron como parte del artículo «La presencia de Luisa Carnés entre las mujeres intelectuales españolas. Flujos y reflujos de un movimiento plural (1931-1936)», en M. BERNARD e I. ROTA, *Mujer, prensa y libertad (España, 1883-1939)*. Renacimiento. Sevilla. 2015, pp. 246-273. El texto de esta tercera edición se ha beneficiado también de la aparición de nuevos documentos hemerográficos sobre la obra de Carnés.

El exilio que desde 1939 padecieron muchos de esos autores, por su adhesión y fidelidad al régimen republicano, ha contribuido también a reducir el impacto de su literatura, especialmente, si se consideran los impedimentos para la distribución en España de las ediciones publicadas en el extranjero, y la férrea censura impuesta sobre la producción editorial hasta la agonía del franquismo.

A este grupo de autores silenciados pertenece, entre otros muchos, la escritora madrileña Luisa Carnés (1905-1964), integrante de la llamada «generación del nuevo romanticismo» (García de Nora,[2] Vilches de Frutos),[3] pese a ser considerada por una parte de la crítica del momento, «la más importante narradora del 27». Carnés formó parte del grupo de autores a los que se estudia bajo la denominación de «narrativa social de preguerra», y al que también pertenecen, entre otros, José Díaz Fernández, Ramón J. Sender, César M.[uñoz] Arconada, Manuel D.[omínguez] Benavides, Joaquín Arderius y Andrés Carranque de los Ríos.

A través de su obra escrita, todos los escritores mencionados respaldaron la puesta en marcha de reformas que iban dirigidas a mejorar la condición de las clases populares y de los más desprotegidos. La literatura y el

[2] García de Nora, Eugenio, *La novela española contemporánea.* Gredos. Madrid. 1970.

[3] Vilches de Frutos, M.ª Francisca, *La generación del nuevo romanticismo. Estudio bibliográfico y crítico (1924-1939).* Tesis doctoral 41/84. Universidad Complutense de Madrid. 1984.

periodismo servían como instrumentos de aproximación a la realidad social, y también, de vehículos para su transmisión al lector.

Luisa Carnés: Entre la literatura y el periodismo

Nacida en Madrid, el 3 de enero de 1905, en el seno de una familia humilde y numerosa, los escasos ingresos familiares y su condición de hija mayor obligaron a que, a los once años, abandonase la escuela para convertirse en una trabajadora manual, circunstancia bastante común entre las familias obreras.

Así se inició como aprendiza en un taller doméstico situado en la calle de Moratín,[4] dedicado a la confección de sombreros, y regentado por Petra Caballero Aparicio, tía suya, donde pasó muchas horas siendo niña y adolescente, una experiencia que después trasladaría a sus dos primeras obras, *Peregrinos de calvario*[5] y *Natacha*.[6] Esta fase de su vida representa un periodo complicado, de permanentes

[4] Archivo de la Villa de Madrid [AVM]. Padrón Municipal de 1920. Distrito de Congreso. Hoja 68 881: «Petra Caballero Aparicio». La información localizada rectifica datos anteriores.

[5] Carnés, Luisa, *Peregrinos de calvario*. Colección Nuevos Novelistas Españoles. Babel. Madrid. 1928. (Segunda edición. Mundo Latino-Compañía Iberoamericana de Publicaciones, CIAP. Madrid. 1929). La primera edición se publicó en febrero de 1928; la segunda comenzó su venta en marzo de 1929. Más información sobre estas ediciones, en Carnés, Luisa, *El eslabón perdido*. Renacimiento. Sevilla. 2002, pp. 22-24.

[6] Carnés, Luisa, *Natacha*. Mundo Latino. Madrid. 1930.

dificultades económicas. En los personajes de sus cuentos y novelas iniciales se perciben huellas de aquella etapa, con pocos recuerdos favorables que revivir: «No comprendía entonces por qué una adolescencia puede ser tan amarga, ni unos pensamientos juveniles viejos».[7]

La necesidad de evadirse de la dura realidad cotidiana llevará a Luisa Carnés hasta la lectura, primero, y a la literatura, después. Su trayectoria discurrió paralela al tiempo invertido en una autoformación permanente, encaminada a superar la ausencia de instrucción escolar. Para hacerlo, acudió a la prensa y a los libros que caían en sus manos, con frecuencia tomados en préstamo de las bibliotecas de su barrio, donde se refugiaba en busca de sosiego, y en los ocasionalmente adquiridos en puestos de volúmenes usados.[8]

El descubrimiento de la literatura *(1923-1930)*

Aunque su despertar literario fue anterior, su bautismo público no se produce hasta el otoño de 1926.[9] Entre esta

[7] Carnés, Luisa, «Adiós a Natalia Valle», *El Nacional,* México, 6 de junio de 1951, pp. 3 y 7.

[8] La compra de libros de segunda mano aparece en varias de sus publicaciones: en *Natacha,* en dos de sus artículos y también en algunos cuentos.

[9] El primer cuento de la autora localizado en la prensa es «Mar adentro». *La Voz,* Madrid, 22 de octubre de 1926, p. 7. Además del reseñado, Luisa Carnés tuvo la oportunidad de ver publicados otros tres relatos hasta 1930. Está en preparación una edición de los cuentos completos de la autora, formada por unas setenta narraciones cortas, escritas entre España y México.

fecha y la primavera de 1929 publicó cuatro cuentos en la prensa, un hecho poco común entre personas ajenas al mundo de la cultura.

Por los resultados obtenidos, resulta probable que este primer triunfo estimulara a la autora para redoblar el esfuerzo para sostener su aprendizaje literario. En estos años, Luisa mantuvo una febril actividad como escritora. Su precaria situación familiar, que le obliga a trabajar desde niña, nos ayuda a imaginar la existencia de una obrera adolescente,[10] mientras escribía las historias que componen *Peregrinos de calvario,* su primera obra impresa.

Este libro está compuesto de tres novelas cortas —«El pintor de los bellos horrores», «El otro amor» y «La ciudad dormida»—, que van precedidas de un prólogo que da unidad a la obra, donde se narran hechos ocurridos en Madrid cuyos protagonistas son personas comunes.

Según Iliana Olmedo, la principal estudiosa de su obra publicada,[11] los relatos que forman *Peregrinos de calvario* explotan distintas preocupaciones de la autora. «El pintor de los bellos horrores» se detiene en estudiar la personalidad del creador y sus conflictos; «El otro

[10] Debido a las largas jornadas laborales de extenuante trabajo en el taller y la colaboración en las tareas del hogar, Luisa solo podía contar para escribir con tiempo robado al sueño, empleando parte del ocio nocturno en redactar los cuentos que remitía a los periódicos, así como las historias que integran *Peregrinos de calvario* (1928), su primera obra publicada.

[11] OLMEDO, Iliana, *Compromiso, memoria y exilio. La narrativa de Luisa Carnés (1926-1934).* Tesis doctoral presentada en la Universidad Autónoma de Barcelona. 2009. Un resumen de ella ha sido publicado con el título de *Itinerarios de exilio*. Renacimiento. Sevilla. 2014.

amor», afronta una crítica contra el matrimonio tradicional, trazada a partir de la relación que mantiene la pareja protagonista. En «La ciudad dormida», la autora esboza algunas de las líneas que luego prefigurarán sus otras dos novelas, escritas y publicadas en España antes de 1936. Ahí muestra una actitud crítica frente a la realidad social, contemplada desde la mirada de una muchacha trabajadora que ha sufrido y convivido con los mismos hechos que cuenta. «En estos relatos está presente la influencia de las innovaciones estéticas» de la narrativa española de la época, «junto a la denuncia de la explotación de la mujer» (Olmedo, 62), postura que se reafirmará en las novelas posteriores.

La primera obra se editó en febrero de 1928, lo que induce a pensar que debió ser escrita entre 1926 y 1927. Su publicación servirá a la escritora para autoafirmarse y reforzar la seguridad en sí misma, algo imprescindible para una mujer tímida, cuya situación laboral nada tenía que ver con el universo de las letras, en el que acababa de irrumpir, entre la sorpresa y la curiosidad de la crítica literaria.

Observar su nombre en los escaparates de las librerías pudo animarla a perseverar en sus destrezas literarias. Es probable que Luisa Carnés retomase pronto la pluma para escribir. Entre 1928 y 1929, redactó su segundo libro, la novela *Natacha,* título que recuerda a la novela rusa, especialmente a novelistas como Dostoyevski y Tolstói, que ella admiraba y tomó como referente. En esta obra, la autora describe los esfuerzos de una joven madrileña, nacida pobre, cuya opción pasaba por trabajar en un taller para ganarse la vida, situación habitual en las clases populares.

A través de la protagonista, la autora se aproxima al lector para hablarle de las difíciles condiciones que soportan las mujeres trabajadoras, y de los obstáculos económicos, laborales y sociales con que se enfrentan. Natacha —la protagonista— personifica a la adolescente que trabaja en la periferia urbana, simbolizando a muchas mujeres obreras que, pese a disponer de empleo, se ven atrapadas en el círculo de explotación laboral a causa de la precariedad del trabajo, los horarios interminables[12] y los bajos salarios. A esas difíciles condiciones se suma su condición de mujeres, pues están sometidas al acoso diario de sus jefes. Todo ello afecta al propio comportamiento de las obreras: «El contacto [de Natacha] con el taller agudizó su hurañez nativa».[13]

Gracias a dos entrevistas, derivadas de la curiosidad que despertó en la prensa esta escritora precoz, y cuya calidad y valor reconoció la crítica en forma de elogios

[12] La jornada laboral de quienes trabajaban en talleres de costura —dedicados a la confección de vestidos o sombreros— podía llegar a las dieciséis horas; de ahí que la reducción de los horarios y el aumento de los bajos salarios fuesen una reivindicación permanente de las modistas asociadas. Información sobre la situación de este oficio, específicamente femenino, en NAVARRO BALLESTEROS, Manuel, «La organización obrera madrileña: Nueva Sociedad de Obreras Modistas en Vestidos y Sombreros». *La Libertad*, Madrid, 8 de diciembre de 1929, p. 9.

[13] CARNÉS, Luisa, *Natacha*, p. 47. La protagonista principal de la novela —la joven Natalia Valle— es un trasunto de la propia autora, que compartió su nombre real con este seudónimo —entre 1936 y 1951— en algunas publicaciones periódicas, tanto en España como en México.

hacia sus dos primeros libros,[14] disponemos de información precisa acerca de sus gustos literarios en ese periodo: «Yo no me podía gastar un duro en un libro[15] [...], y me alimentaba espiritualmente con los folletones publicados en los periódicos, y con las novelas baratas, las únicas asequibles para mí[16] [...] Leer de todo, malo y bueno, siempre dentro de la más absoluta desorientación. [Así], y a través de innumerables autores y obras absurdas, ascendí hasta Cervantes, Dostoyevski, Tolstói [...], Santa Teresa, Victor Hugo, Maeterlinck, Poe, Goethe, D'Annunzio; después, no sé de qué manera, surgió el primer cuento, luego otro y otro, y hasta el libro».[17]

Dada la fecha en que aparecieron ambas entrevistas, y los hechos que vivió Luisa Carnés en torno a 1930, conviene revisar los momentos más destacados de su actividad literaria y periodística en ese año, para entender mejor su trayectoria. En primer lugar, hay que señalar como hecho

[14] En la promoción de esta novela, los editores se valieron de los elogios aportados por la crítica literaria tras la reedición de *Peregrinos de calvario*.

[15] La publicación por entregas en prensa de una obra destacada fue impulsada por el alto precio de los libros, en esas fechas —entre 4 y 5 pesetas de media (por ejemplo: *Imán, Natacha, Los hermanos Karamazov*, etc.)—, mientras un periódico costaba 10 céntimos en 1930.

[16] «Juan de Almanzora» (seudónimo de Juan López Núñez): «Mujeres de hoy: [Luisa Carnés]. La novelista que, por ahora, gana su vida escribiendo cartas comerciales». *Crónica*, Madrid, 20 (30 de marzo de 1930), p. 9. La entrevista precede la publicación de la novela *Natacha*.

[17] Cabeza, Fidel: «Luisa Carnés, la novelista más joven de España». *El Nuevo Día*, Cáceres, 29 de abril de 1930, p. 5. Entrevista reproducida en *La Correspondencia de Valencia*, 27 de mayo de 1930, p. 3. En cuanto al libro que menciona, se refiere a su primera obra, *Peregrinos de calvario* (1928).

más relevante la edición, en abril de 1930, de su novela *Natacha.*[18] La publicación de este libro se intercala entre dos entrevistas en la prensa sobre la autora. La secuencia culminó en noviembre, cuando se publicó su primera colaboración periodística.[19] Unos hechos que solo cobran valor si se examinan en conjunto, resultando posible afirmar que los tres asuntos guardan relación entre sí.

Creemos que la publicación de ambas entrevistas era parte del trabajo promocional de la CIAP, el grupo editorial que lanzó *Natacha,* su primera novela. Basándonos en las informaciones aparecidas en las reseñas y comentarios favorables que recibieron los libros de Luisa Carnés, los responsables del grupo editorial creyeron haberse

[18] La novela *Natacha* se publicó bajo el sello de Mundo Latino, la misma editorial donde se reeditó su primer libro, *Peregrinos de calvario*. La reaparición de esta obra en las librerías constituye un caso curioso de promoción editorial, puesto que los libros se reenviaron, en marzo de 1929, a diferentes críticos y medios periodísticos para su comentario y promoción, tras haberse reseñado la obra un año antes. En el caso de Luisa Carnés y *Peregrinos de calvario,* la presencia de este título en su catálogo parece fruto de un acuerdo entre la autora —titular de los derechos de la obra— y su nueva empresa, que, al incorporar a la escritora como empleada, se hizo asimismo cargo de la titularidad editorial de un libro que había recibido buenas críticas y auguraba ventas notables. Aunque trabajaba como mecanógrafa, también se ocupaba de otros cometidos, acordes con su formación literaria, como la redacción de solapas y de algunos prólogos de obras de autores rusos, editadas en colecciones populares de la CIAP (Gógol, Tolstói, etc.).

[19] Carnés, Luisa, «En torno al magnífico "caso" de Ángeles Santos». *Crónica*, Madrid, 54, 23 de noviembre de 1930, p. 16. Unos meses después, Luisa publicaría una segunda colaboración: [Hombres nuevos] «Rafael Alberti, su obra, su optimismo, su rebeldía y su andalucismo». *Crónica*, Madrid, 69, 8 de marzo de 1931, p. 2.

topado con una escritora de gran potencial,[20] a la cual decidieron apoyar. La aparición de la primera entrevista, en *Crónica,* un semanario de gran tirada y alcance nacional, y de la segunda, en dos periódicos muy dispares —*El Nuevo Día,* de Cáceres, y *La Correspondencia,* de Valencia—, y en zonas geográficas tan diferentes (Extremadura y Levante), podría interpretarse, como los primeros pasos de un plan más amplio, dirigido a promocionar una escritora en ascenso. Se busca dar visibilidad a una nueva voz, cuya calidad ningún crítico discutía.

La presencia del libro en diferentes medios periodísticos sirvió para reafirmar a los críticos en la opinión de que se encontraban ante una escritora de talento. La incursión en la prensa pretende también realzar su nombre en los lectores, aunque, por circunstancias imprevistas, en la primavera de 1931 desaparece en los medios cualquier mención a Luisa Carnés, bruscamente, y sin ninguna explicación. La causa de su ausencia parece obedecer a la situación de crisis que —meses más tarde— afectará a la CIAP,[21] *trust* editorial que entró en suspensión de pagos

[20] *Natacha* se incluyó en la lista de los mejores libros publicados en abril de 1930 en la selección de un jurado formado por escritores y críticos literarios. El dato, en *La Libertad*, Madrid, 7 de junio de 1930, p. 8: «Asociación del Mejor Libro del Mes». Esto garantizaba su exposición preferente en las librerías asociadas, así como una destacada promoción en prensa. Otros dos autores españoles seleccionados en ese mismo periodo fueron Ramón J. Sender, con *Imán,* y Josep M.ª Sagarra, con *Ajo y salobre.*

[21] La Compañía Iberoamericana de Publicaciones (CIAP), principal grupo editorial español, se vio obligada a cerrar en el verano de 1931 debido a la descapitalización de la banca Bauer, su propietaria, afectada por el de-

en junio, antesala del derrumbe del grupo financiero que lo sustentaba, escenario que paralizó proyectos editoriales y carreras periodísticas en marcha.

La formación de Luisa Carnés fue el resultado de una vocación autodidacta, típica en otros autores de su generación, y en particular, entre personas sin estudios reglados. En su caso, obtuvo un rendimiento literario de calidad reconocida, narrando historias que formaban parte de su vida diaria, y que se transformarían primero en cuentos —parte de los cuales vio editados muy pronto—, y luego en novelas.

Conocer mejor a la escritora requiere señalar a sus autores más cercanos y sus lecturas, que también pueden ayudarnos a documentar cómo se produjo ese proceso de autoformación. En el caso de Tolstói, la lectura de este autor había suscitado gran interés desde la publicación de sus obras completas a principios del siglo XX, algunas de las cuales se divulgaron desde 1923 en folletones aparecidos en la prensa. En cuanto a Dostoyevski —otro de sus autores predilectos—, desde mayo de 1925 *El Sol* publicó —en forma de folletón— *Los hermanos Karamazov,* una de sus obras más destacadas. El autor moscovita gozó de gran popularidad en España entre 1920 y 1930, con varias obras editadas, al igual que Máximo Gorki, otro autor

rrumbe de la Bolsa alemana. Sobre la CIAP, ver López Morrell, Miguel Ángel, y Molina Abril, Alfredo, «La Compañía Iberoamericana de Publicaciones, primera gran corporación editorial en castellano». *Revista de Historia Industrial,* Madrid, 49 (2012, 2), pp. 111-145.

muy seguido por algunos de los novelistas sociales contemporáneos a Luisa Carnés (como César Arconada).[22] Creemos que la novela rusa se adaptaba bien a los postulados que maneja la escritora en sus obras:

«Los novelistas rusos no distinguían a cada uno de sus personajes con sus rasgos peculiares[…], tendían a señalar lo que tenían en común, de manera que las "psicologías" individuales perdían relieve ante los valores e intereses de grupo […]. El narrador pocas veces emitía juicios sobre los personajes y sus acciones. El lector se veía así obligado a participar en la narración con averiguaciones y opiniones».[23]

De forma pausada, pero sin descanso, inmune a los halagos y a los comentarios favorables sobre la calidad de su obra, entre 1926 y 1934, la escritora logró publicar tres libros, y al menos ventiséis cuentos, lo que da idea de su creatividad, máxime si se tiene en cuenta que hasta 1928 o comienzos de 1929, siguió trabajando de modista de sombreros, hasta que fue contratada por la CIAP.[24]

[22] Sobre el seguimiento de la novela rusa en España, ver FERNÁNDEZ CIFUENTES, Luis, *Teoría y mercado de la novela en España: del 98 a la República*. Gredos. Madrid. 1982; capítulos II-III.

[23] FERNÁNDEZ CIFUENTES, *op. cit.*, p. 303.

[24] La fecha es estimativa y se basa en informaciones procedentes de fuentes familiares. En esta empresa tuvo como compañeros, entre otros, a los hermanos Grimau —Carmen y Julián—, y al también periodista y escritor Esteban Salazar Chapela, como queda reflejado en su presentación del libro-homenaje en memoria de Julián Grimau (París, 1963) y en la novela *En aquella Valencia*, escrita por el segundo en 1937 (Renacimiento. 2001).

La publicación de *Natacha,* escrita entre 1928 y 1929,[25] representó para la autora una reválida editorial. La buena acogida que recibe la novela entre los críticos animó a la escritora a seguir su estela literaria, mientras continuaba escribiendo sin interrupción.

Tras escribir sus dos primeros libros —*Peregrinos de calvario*[26] y *Natacha*—, en la primavera de 1930 Luisa Carnés inicia la redacción de dos nuevas obras. A ellas se refiere en la contraportada interior de *Natacha,* donde nos informa sobre *La Aurelia* y *El secreto de Teresa Rey,* cuya redacción continúa en marzo de 1931.[27] En relación a las dos novelas mencionadas, debemos señalar que la autora finalizó *La Aurelia* en México, mientras que la segunda se convirtió en un proyecto fallido.[28]

Durante el año 1931, Luisa siguió escribiendo cuentos, en una febril actividad, acaso impulsada por la necesidad de conseguir ingresos puntuales a través del

[25] Nota escrita por la autora al final del texto.

[26] Por primera vez aparece escrito el título de su novela de debut. El dato figura anotado en la portada interior de *Rosalía de Castro*. Rex. México. 1945.

[27] *La Tierra*, Madrid, 18 de marzo de 1931, p. 5. La información se publica un mes antes de la proclamación de la Segunda República, acontecimiento político que la escritora tuvo la oportunidad de contemplar mientras aguardaba el nacimiento de su primer y único hijo, Ramón Puyol Carnés, antes de abandonar Madrid.

[28] No se puede excluir que el texto de esta última novela, otros trabajos en fase de redacción, una copia de su obra de teatro *Así empezó...* (1936), junto a otros documentos y objetos personales, formasen parte del equipaje abandonado por la escritora en la vivienda donde residió en Barcelona, durante la evacuación del personal de *Frente Rojo* hacia Francia, la madrugada del 26 de enero de 1939, ante la inminente entrada en la capital catalana del ejército franquista.

periodismo literario para suplir la pérdida de su empleo tras el cierre de la CIAP, una situación que se verá agravada al quedar también sin trabajo su compañero Ramón Puyol, autor de las cubiertas de muchos de los libros editados por el mismo grupo editorial. Estas circunstancias, junto al nacimiento de su hijo, decidió a la pareja a trasladarse a tierras gaditanas, para instalarse en Algeciras con la familia de Puyol, en espera de que mejorase su situación económica. Pese a encontrarse fuera del ambiente y de las vivencias que le eran más cercanas, Luisa Carnés «no deja nunca de escribir», en palabras del también escritor José Herrera Petere. En esta etapa iniciaría la redacción de otra de sus novelas, *Olor de santidad.*[29]

La consagración literaria de Luisa Carnés: *Tea Rooms*

La familia Puyol-Carnés permaneció en Algeciras entre 1931 y 1932. La ausencia de oportunidades laborales en la ciudad andaluza indujo a Luisa a retornar a su ciudad natal en el verano de 1932. Tampoco en Madrid se vivía en mejor situación: la capital sufría un elevado desempleo, al igual que muchas zonas rurales.[30] Ante la falta de

[29] La novela, que aún permanece inédita, está ambientada en Algeciras. Su terminación hubo de esperar muchos años, siendo finalizada en el exilio, probablemente en torno a 1947.

[30] La propia autora revive la situación de desempleo en uno de sus primeros artículos en prensa. Ver Carnés, Luisa, «Una mujer busca trabajo», *Estampa*, Madrid, 330, 5 de mayo de 1934, pp. 17-20.

trabajo, la escritora se verá obligada a aceptar un empleo temporal, trabajando como camarera-dependienta en un conocido y céntrico establecimiento de hostelería, una etapa que revivirá en su tercer libro, la novela-reportaje, *Tea Rooms (Mujeres Obreras)*.[31]

En agosto de 1932 comenzó a escribirla. Una vez más, comparte su actividad laboral con la creación literaria, trasladando al libro, de nuevo, su experiencia. Un hecho que se refleja desde las páginas iniciales es, también, los problemas que tiene la protagonista para conseguir empleo (*Tea Rooms,* 5-9), una circunstancia reiterada por la autora, y objeto de atención en la prensa. Tras escribir su mejor novela hasta ese momento, y una vez que ha encontrado una editorial dispuesta a publicarla —luego de la desaparición de la CIAP—, la escritora puede suspirar de alivio.

Según afirma la autora en la página final, la obra se terminó en febrero de 1933, un dato que no concuerda con otras declaraciones periodísticas de la propia escritora. Parece probable que el manuscrito de *Tea Rooms* se revisase entre junio y diciembre de 1933, antes de su publicación. Según la autora, la corrección de pruebas tuvo lugar entre finales de enero y comienzos de febrero de 1934.[32] Otra explicación pausible al retraso de su apari-

[31] CARNÉS, Luisa, *Tea Rooms.* Pueyo. Madrid. 1934, p. 224. El texto fue reeditado en edición facsímil por la Asociación de Libreros de Lance de Madrid en 2014, en una publicación conmemorativa cuando se cumplían los ochenta años de la primera edición.

[32] *El Heraldo de Madrid,* 1 de febrero de 1934, p. 6: «Micrófono. Una nueva novela de Luisa Carnés».

ción sería que una vez entregada la novela al editor (el librero e impresor Juan Pueyo), tuviese que esperar casi un año para ver la luz. La novela, finalmente, estará a disposición de los lectores en la primera quincena de marzo de 1934.[33]

Tea Rooms es el resultado de la reflexión de la escritora sobre la situación de desigualdad que viven muchas de las mujeres con las que convive, en el espacio laboral y también en la vida cotidiana. A través de la novela, en un lenguaje sencillo y directo, Luisa Carnés expone públicamente la situación por la que pasan la mayoría de las mujeres que trabajan. Están obligadas a compaginar su atención al hogar y el cuidado de sus hijos con una actividad profesional externa, que les condena, por su baja cualificación, a estar sometidas a unas duras condiciones laborales, muy por debajo de las del hombre. Una situación que las deriva, en la mayoría de los casos, a trabajos precarios y mal pagados. «*Tea Rooms* analiza el papel social femenino a través de la discusión sobre el divorcio, la maternidad, la educación, el matrimonio o el aborto».[34]

La novela plantea el surgimiento —en la España de los años treinta— de una mujer nueva, que busca la emanci-

[33] Pérez Ferrero, Miguel, «Actualidad literaria. Casa de té». *El Heraldo de Madrid,* 15 de marzo de 1934, p. 8. También, *Hoja Oficial del Lunes de Madrid,* 174, 26 de marzo de 1934, p. 7: «Asociación de la Prensa. Junta General».

[34] Olmedo, Iliana, «El trabajo femenino en la novela de la Segunda República: *Tea Rooms* (1934), de Luisa Carnés». *RILCE. Revista de Filología Hispánica*, Pamplona, Vol. 30.2, julio-diciembre 2014, p. 506.

pación a través del trabajo. A diferencia de otras novelas sociales del momento, aporta una perspectiva femenina en relación con el trabajo de la mujer poco común y frecuentemente silenciada. Para Iliana Olmedo,[35] con esta obra Luisa Carnés aporta una novela social femenina. En *Tea Rooms,* la escritora regresa a la idea de que, para las clases bajas, la vida es un calvario, donde los pobres, que trabajan desde niños, son objeto de una continua explotación (taller, fábrica, comercio, etc.), que afrontan sin leyes que les protejan.

«Esta novela convierte a Luisa Carnés en una autora indispensable para definir este periodo. Su punto de vista sobre el trabajo femenino amplía la comprensión de la circunstancia en que las mujeres consiguieron el derecho al trabajo. Las mujeres modernas consideraron el trabajo un tema de discusión [...]». El enfoque que propone pretende «descubrir las contradicciones de esa modernidad a través de la crítica del trabajo femenino, singularizando su creación. La innovación reside en que la autora modifica la representación del papel femenino al revelar las consecuencias del trabajo».[36]

Examinada con una mirada actual, «el interés de *Tea Rooms* radica en la capacidad de la autora para trazar rasgos de personajes transgresores —Matilde, la protagonista principal—, que cuestionan la normativa de género impuesta socialmente [...]. Luisa Carnés aboga por una emancipación a través de la cultura y la

[35] OLMEDO, Iliana, *Compromiso...*, p. 418.
[36] OLMEDO, Iliana, «El trabajo femenino...», pp. 503-524.

lucha colectiva [...], para aspirar a empleos más cualificados».[37]

Esta realidad, todavía hoy, ochenta años después, persiste y se tolera por una parte de la sociedad, pese a la larga lucha entablada en favor de la igualdad jurídica y social, y por la equiparación entre hombres y mujeres, lo que hace que los temas que plantea la novela resulten plenamente vigentes.

La batalla de la igualdad se impulsó durante la Segunda República, y tuvo en Clara Campoamor (Madrid, 1888-Lausana, 1972), a uno de sus grandes baluartes, y un espejo en el que tuvo ocasión de reflejarse la propia escritora, como después tendremos ocasión de comentar.

Un hecho que hasta el momento había pasado inadvertido en relación con Luisa Carnés es su posicionamiento público, en mayo de 1933, en relación con la mujer. Este se produjo cuando ya había terminado *Tea Rooms,* y un año antes de la publicación de la novela, la cual supuso un punto de inflexión en su trayectoria social y en su compromiso en relación con la condición política y social de la mujer.[38]

Unos meses antes de las elecciones de noviembre de 1933, cuando por primera vez las mujeres españolas pu-

[37] Somolinos Molina, Cristina, «Lucha colectiva y emancipación: *Tea Rooms,* Luisa Carnés». *Contrapunto. Publicación de crítica e información literaria,* 18, febrero de 2015, pp. 4-5. Edición electrónica. Facultad de Filosofía y Letras. UAH. Madrid.

[38] *La Voz. Diario republicano,* Córdoba, 9 de mayo de 1933, p. 10. Reproducido en *El Heraldo de Zamora,* 11 de mayo de 1933, p. 2.

dieron ejercer su derecho al voto, Carnés firmó un artículo en *La Voz*, de Córdoba, «Las mujeres no han votado», que abordaba el sufragio femenino, un tema objeto de debate político candente, y cuyos efectos podían ser determinantes en las inminentes citas electorales.[39]

La crisis que atravesaba el gobierno republicano-socialista, dirigido por Manuel Azaña, era manifiesta desde mediados de febrero de 1933, a causa de los graves sucesos de Casas Viejas. La ofensiva antigubernamental de los republicanos conservadores de Lerroux, apoyada por las fuerzas de la derecha más reaccionaria (CEDA), que se oponían a las reformas aprobadas por las Cortes se expresará, en primer lugar, en las elecciones municipales parciales del 23 de abril del mismo año. En ellas se produce la derrota de los partidos gubernamentales, que obtienen apenas un tercio de los concejales, frente a los dos tercios logrados por la oposición conservadora. Todo apunta en una misma dirección: la obstaculización o desobediencia a las reformas en marcha, que perjudicaban los intereses económicos de las clases dirigentes. El 7 de septiembre se producía la ruptura del gobierno de Azaña. Para resolver la crisis política, un mes más tarde —el 4 de octubre— se convocaban las segundas elecciones generales entre la desunión de la izquierda política y el desencanto de las clases populares por los escasos cambios advertidos en la vida pública tras el bienio 1931-1933, bajo el gobierno de la izquierda parlamentaria.

[39] TOWNSON, Nigel, *La República que no pudo ser*, Taurus. Madrid. 2002, pp. 181-218.

El artículo referido se publicó tras las elecciones municipales parciales del 23 de abril de 1933 —que solo afectaron al 13 % del censo electoral, especialmente a pequeños municipios—, pero donde ya pudieron votar por primera vez una parte de las mujeres españolas allí residentes, y unos meses antes de las elecciones generales de 19 de noviembre de 1933, cuando las mujeres españolas de todo el Estado podrán ejercer su derecho al voto. En su exposición, Luisa Carnés hace una serie de observaciones en relación al sufragio femenino, cuestión que suscitó también opiniones contrapuestas entre la intelectualidad femenina.

En primer lugar, menciona, como en los últimos tiempos —hemos de deducir que desde que se aprobó su derecho al voto,[40] el 1 de diciembre de 1931—, la mujer española incluye también, entre sus temas de charla, lo que la escritora califica de «cotilleos políticos»: «Esto no significa más que una cosa [...], que comienza a preocuparse por lo que sucede en su país».

Sin embargo, con ser esto importante, no le parece suficiente, afirmando a continuación: «Es necesario que investigue, que hable y que haga por su propia cuenta», para concluir su argumentación, de una forma inequívoca: «Que se emancipe de toda influencia». Para Luisa,

[40] Para un seguimiento de la acción emprendida por la diputada Clara Campoamor para conseguir la incorporación del sufragio femenino en la Constitución de 1931, ver Valcárcel, Amelia, «El debate constituyente del voto femenino», en Capel, Rosa M.ª (coord.), *Historia de una conquista: Clara Campoamor y el voto femenino*. Ayuntamiento de Madrid. 2007, pp. 175-194.

esa influencia proviene, «en unos casos, de la voluntad del padre; en otros, del marido; del patrono de la fábrica; del jefe de la oficina [...]; esa serie de elementos cuya hegemonía ha atrofiado la capacidad cerebral de la mujer para toda actuación que no haya sido la [actividad] doméstica». Para que este voto sea consciente y útil, la escritora propone a la mujer que se informe por sí misma:

«Hay que poner [a la mujer] en situación de comprender todas las "verdades" de todas las doctrinas [...]. Hay que dotar a la mujer de educación política, de la que hoy carece; cuando esta cultura la haya desligado de influencias, entonces el voto de la mujer tendrá un verdadero valor».

En esas palabras hay también una llamada directa a las organizaciones políticas y sindicales, y a las asociaciones femeninas —sin nombrarlas—, para que colaboren, de forma responsable, en la formación política de la mujer, para que se impliquen también en el objetivo de formar ciudadanas conscientes. Su artículo culmina de una manera firme y contundente: «Entonces, en el sufragio de la mujer, irá su voluntad autónoma, [y] se podrá decir que las mujeres han votado [libremente]».

El texto, resulta —en cierto modo— premonitorio de la postura que también defiende en la novela, para esas fechas ya finalizada. En su declaración pública —a través de este artículo—, ella se sumaba al grupo de mujeres intelectuales que expusieron su opinión en relación con el voto femenino. Parece probable que, durante su estancia en Algeciras, durante el verano y el otoño de 1931, siguiera, a través de la lectura de la prensa a su alcance, las vicisitudes y escollos que hubo de superar Clara Campoamor —sin apenas apoyos parlamentarios, y la incomprensión de los principales partidos políticos—, para defender la inclusión del voto de la mujer en la Constitución de 1931.

Creemos que, de ese periodo, y de esas circunstancias, nace una corriente de simpatía y comprensión de Luisa Carnés hacia Clara Campoamor, por su fortaleza de ánimo y la entereza demostrada ante los obstáculos que se oponían a su labor, al postularse en la prensa en favor del sufragio femenino. Un pronunciamiento que aún tardaría varios años en manifestarse —junto a otras mujeres relevantes— de manera coordinada, en apoyo de la exdiputada, en junio de 1936. Hay una serie de factores que parecen haber influido en esa elección.

Tanto Luisa como Clara proceden de medios obreros y sus orígenes les han exigido luchar duramente para abrirse camino. Ambas son también personas socialmente muy frágiles, aunque de firmes convicciones. Las dos son también mujeres que se introducen en un mundo que no era el suyo. Han tenido que hacerse solas el camino completo. Por otra parte, son personas excepcionalmente buenas en su actividad (jurista, una; escritora, la otra), que obtuvieron un prestigio reconocido habiendo salido de muy abajo. Se habían formado en los aguijones y batallas de la vida real, en el mundo del trabajo. Las dos apostaban por la dignificación de la mujer, en un feminismo peculiar, que se define por la lucha en pro de la justicia que equipare a ambos géneros.

Tras publicar *Tea Rooms,* una vez más, la propia escritora se encarga de darnos pistas sobre sus nuevos proyectos literarios. En la portada interior de la novela nos anuncia nuevas obras: *Pequeña burguesía* y *Madrid negro,* títulos que no se volverán a mencionar. Quizá formaron parte de un proyecto de novelas-reportaje manejado por la autora, a modo de un fresco que describiera la sociedad española del momento, siguiendo el modelo adoptado para escribir *Tea Rooms,* empresa que la guerra civil truncó.

De la literatura al periodismo: Del compromiso social al compromiso político *(1934-1939)*

La buena acogida que recibe *Tea Rooms* entre la crítica especializada abre a Luisa Carnés las puertas de la prensa para convertirse en periodista, una vieja aspiración de la escritora, cuyas mieles había probado cuatro años atrás. A mediados de marzo de 1934 se la mencionaba ya como colaboradora de *Estampa,*[41] la revista gráfica española de mayor tirada, donde eran habituales las entrevistas y los reportajes, y donde trabajan otros periodistas, hombres y mujeres con más experiencia que nuestra autora. Su presencia en esta revista se produce, casi simultánea-

[41] *Estampa*, Madrid, 323, 17 de marzo de 1934, p. 39: «Hechos y rostros». En esta nota de la redacción donde se menciona el personal de la revista, se cita a Luisa Carnés como nueva colaboradora de la publicación, donde dos años antes, en septiembre de 1932, había aparecido un cuento suyo.

mente, a la aparición de su última novela. Esa incorporación coincide, también, con la salida de la misma publicación de otra periodista de gran renombre, Josefina Carabias (1908-1980), la cual se incorpora a *Crónica* —la principal rival de *Estampa*— en febrero de 1934.[42]

Cuando citamos a esta periodista, estamos señalando también a quien, junto con Magda Donato (Madrid, 1898; México D. F., 1966),[43] periodista igualmente muy destacada, creemos que fueron los dos modelos que Luisa Carnés utilizó y siguió al escribir sus colaboraciones en prensa. Con ellas coincidirá eventualmente en alguna de las revistas y periódicos donde colaboraba antes de la guerra civil. Las dos eran maestras en la redacción de reportajes y entrevistas, géneros muy utilizados en las revistas gráficas de la época, y especialmente, en *Estampa* y *Crónica* que, desde su aparición, en 1928 y 1929, respectivamente, gozaron de gran popularidad, alcanzando una tirada media superior a los 150 000 ejemplares durante los años de la Segunda República.

La publicación de *Tea Rooms* también prefigura una nueva situación. Resulta evidente —tanto en su obra como a nivel personal— que la escritora ha dado un paso

[42] Ezama Gil, Ángeles, «Los comienzos periodísticos de una reportera española: las colaboraciones de Josefina Carabias en *La Voz* (1932-1935)». *El Argonauta español,* Aix-en-Provence, 9, 2012, p. 7.

[43] Su verdadero nombre era Carmen Eva Nelken, hermana de la también escritora y crítica de arte Margarita Nelken (Madrid, 1896; México D. F., 1968). La información sobre su actividad periodística procede de Donato, Magda, *Reportajes.* Edición de Margherita Bernard. Renacimiento. Sevilla. 2009, pp. 7-65.

adelante, como otros intelectuales y pensadores españoles, asumiendo un mayor compromiso político, postura que se vincula no solo a su acercamiento a las posiciones que mantiene el PCE en el ámbito cultural. La posición de compromiso político de la escritora queda de manifiesto al avalar con su firma el manifiesto que apoyan numerosos intelectuales españoles en demanda de la liberación de Ersnt Thaelmann, dirigente comunista alemán que permanece detenido por los nazis en Alemania.[44]

Las tensiones políticas que vive España tras la caída del gobierno dirigido por Azaña y la ruptura de la coalición republicano-socialista en septiembre de 1933 precipitará la convocatoria de nuevas elecciones al Parlamento, que tendrán lugar el 19 de noviembre de 1933, y que suponen la derrota de los republicanos de izquierda de Azaña y del PSOE, que acudían separados a las elecciones, frente a los partidos conservadores que se presentaron en coalición. Estos lograrán la mayoría parlamentaria, donde destacan el Partido Radical de Lerroux y la CEDA, dirigida por Gil Robles.

El cambio político operado traerá graves consecuencias para el país, al iniciarse un periodo de inestabilidad política motivado por la política de involución que aplica el nuevo gobierno, dispuesto a desmantelar las reformas políticas realizadas en el bienio 1931-1933. Como respuesta a estos cambios, en octubre de 1934 se producirá

[44] *El Heraldo de Madrid,* 7 de marzo de 1934, p. 14: «Contra el terror nazi». Creemos que es la primera manifestación publica de la autora, donde da a conocer su inclinación política.

un movimiento insurreccional contra el gobierno, que tendrá su mayor impacto en Asturias y Cataluña. La coalición conservadora en el poder aplicará una política represora contra las organizaciones y fuerzas políticas que respaldaron el movimiento de octubre. Como resultado de la misma se producirán miles de víctimas, al tiempo que representa un factor de revancha entre la población más afectada por la contrarreforma política y la represión.

La mayoría de los autores e intelectuales adoptarán una posición cada vez más comprometida ante los hechos. Se sienten influidos por la nueva situación política que supone un retroceso en las libertades y también por el fracaso del movimiento de octubre y sus secuelas. Todos estos hechos influyen en el posicionamiento que adoptan ante la realidad política que viven, y naturalmente, en su obra escrita. En el caso de Luisa Carnés, parece visible también su aproximación al PCE,[45] que debió materializarse en la afiliación, posiblemente, en torno a las elecciones legislativas de febrero de 1936, que suponen la victoria del Frente Popular,[46] la coalición electoral que promovía

[45] Luisa Carnés estuvo presente —según testimonios gráficos— en el homenaje a Rafael Alberti y a M.ª Teresa León, en el Café Nacional, a su vuelta de Rusia. El acto se celebró en Madrid el 9 de febrero de 1936, al que destacados miembros del PCE junto a intelectuales, afiliados y simpatizantes de esta organización. Allí se leyó una declaración que constituye la base del manifiesto promovido por numerosas personas de prestigio en apoyo del Frente Popular. Una referencia sobre el mismo acto en *La Libertad*, Madrid, 8 de febrero de 1936, p. 9: «Homenaje popular a M.ª Teresa León y Rafael Alberti».

[46] Izcaray, Jesús, «Una cuartilla para Luisa Carnés». *Mundo Obrero* (París), 8 (16-30 de abril de 1964), p. 6.

el retorno a las reformas anteriores y el enjuiciamiento de los responsables de la represión de octubre de 1934.

A través de su actividad literaria y periodística, Carnés formó parte del grupo de mujeres intelectuales «que comienza a despuntar antes de los años veinte [...], y al que se sumaron entre 1918 y 1936 las escritoras más jóvenes [que] participaron en movimientos de vanguardia [e] integraron la generación que conquistó el voto femenino. Muchas de ellas militaron en partidos políticos y formaron parte del largo exilio español»,[47] y pueden considerarse componentes de la intelectualidad femenina española que se consolidó en el primer tercio del siglo XX.

«Su entrada en los diversos ámbitos de la esfera pública, a través de su actuación o del uso de la palabra oral o escrita, les otorga el calificativo de "intelectuales", la reivindicación de sus derechos, su modernidad, esa suerte que Clara Campoamor atribuía a las mujeres de su generación y a sus coetáneas, por la posibilidad de luchar por su propio mejoramiento».[48]

La irrupción del Frente Popular indujo a Luisa Carnés —como a otras muchas mujeres— a dar un paso adelante, para apoyar esas mejoras sociales y políticas defendidas por el nuevo régimen, y en busca de la equiparación que aque-

[47] SAMBLANCAT MIRANDA, Neus, «Los derechos de la mujer moderna». *Cuadernos Hispanoamericanos*, Madrid, 671, mayo de 2006, pp. 7-19.

[48] SAMBLANCAT MIRANDA, Neus, «Clara Campoamor: "Solo en ella teníamos puestas nuestras esperanzas"», en CAPEL MARTÍNEZ, Rosa M.ª, *Historia de una conquista: Clara Campoamor y el voto femenino*. Ayuntamiento de Madrid. 2007, p. 228.

llas mujeres intelectuales españolas habían apuntado también como objetivo prioritario. Solo así se entiende que rompiera su mutismo, y aunara voz y nombre al de otras mujeres destacadas que impulsaron el homenaje organizado en desagravio a Clara Campoamor, quien, como ellas, «fue una mujer moderna que supo hacerse a sí misma, y que, más que ninguna, supo reclamar, ejercer y obtener sus derechos como ciudadana».[49] Al hacerlo, estaba señalando el camino para hacerse oír a las demás mujeres, por destacar «en igual medida y aptitud que el varón».

«Por haber promovido la concesión del voto femenino y como defensora ferviente de los derechos de la mujer», va a tributarse a Clara Campoamor un homenaje que consistirá en la edición de un folleto donde estén contenidas las reiteradas intervenciones de la presidenta de la Unión Republicana Femenina en las Cortes Constituyentes, al discutirse la igualdad política y civil de uno y otro sexo.

Suscriben esta iniciativa, entre otras distinguidas damas, María Martínez Sierra, Concha Espina, María de Maéztu, Matilde de la Torre, Matilde Muñoz, Consuelo Berges, Magda Donato, Halma Angélico, Rosa Arciniégas, Matilde Huici, Rafaela Jiménez de Quesada, Elena Fortún, Victorina Durán, Matilde Ras, Luisa Trigo, Eulalia Vicenti, Josefina Carabias, Carmen Karr, María Te-

[49] SAMBLANCAT MIRANDA, Neus, «Clara Campoamor: "Solo en ella teníamos puestas nuestras esperanzas"», en CAPEL MARTÍNEZ, Rosa M.ª, *Historia de una conquista: Clara Campoamor y el voto femenino.* Ayuntamiento de Madrid. 2007, p. 228.

resa León, Trudy G. de Araquistaín, Consuelo C. de Gordón Ordax, María Eugenia Hernández Iribarrin, Benita Asas Manterola, Isabel Martínez de Albacete, Nieves Pí, Teresa M. de Suárez Riva y Luisa Carnés».[50]

El golpe de Estado del 18 de julio sorprende a Luisa en Madrid. Junto a su trabajo como periodista en *Estampa* y *Ahora,* pasará a colaborar también en la prensa del PCE, primero en *Mundo Obrero,*[51] y posteriormente en *Altavoz del Frente,*[52] —el principal órgano de propaganda de este partido—, creado a partir de agosto. Desde los primeros meses de la lucha, las organizaciones políticas y sindicales más destacadas movilizarán también a los intelectuales que forman parte de ellas, a fin de contar con su apoyo para reforzar su compromiso con las masas. Para ello recurren a la cultura, en sus diversas manifestaciones, con una función propagandística en defensa del régimen republicano, tanto en el frente como en la reta-

[50] *El Sol,* Madrid, 11 de junio de 1936, 4: «Edición de un folleto. Homenaje a Clara Campoamor». Creemos que es el primer texto que menciona a Luisa Carnés como parte del grupo de mujeres intelectuales españolas. Actúan desde diferentes ámbitos y actividades, y conforman la imagen de la mujer moderna en España, al tiempo que «reivindican en sus obras la igualdad civil y jurídica de la mujer», transmitiendo con su palabra «una inquebrantable fe en sí mismas».

[51] Entrevista del autor con Eusebio G.[utiérrez] Cimorra, de 13 de mayo de 1990. Tras la reaparición de *Mundo Obrero,* el 5 enero de 1936, Cimorra era, junto a Cesar Falcón, codirector de este periódico. Parece evidente que la militancia de la escritora en el PCE era ya un hecho.

[52] Plaza, Antonio, «Teatro y compromiso en la obra de Luisa Carnés», en *Acotaciones. Investigación y creación teatral,* Madrid, 25, julio-diciembre de 2010, pp. 108-111.

guardia. Al igual que otros escritores próximos, la escritora colaboró a través de una contribución literaria y periodística.

La acción militar de los sublevados, con la colaboración de Italia y Alemania, y la pasividad de Inglaterra y Francia frente a las peticiones y demandas del gobierno republicano —Pacto de No Intervención— situaron a este último en una situación de clara desventaja, sin apenas medios de defensa para hacer frente a un enemigo muy superior en potencial militar y en respaldo diplomático. El fracaso del golpe militar que dirigen Mola y Franco induce a estos a una guerra de desgaste contra la República. Para doblegar la resistencia de la población civil, los golpistas impondrán una dura represión sobre los habitantes de las zonas conquistadas, a la vez que someterán a duros bombardeos a las principales ciudades que permanecen fieles al gobierno legal.

El temor a la caída de Madrid en manos de los rebeldes determinará el traslado de la capital y de los órganos de gobierno, a comienzos de noviembre de 1936, primero a Valencia, y posteriormente, a Barcelona. Luisa Carnés viajará también junto con el aparato político y de propaganda de los principales partidos que acompañará al gobierno en su desplazamiento. En este periodo siguió colaborando con *Estampa* y *Ahora,* que pasaron al control del PCE, al tiempo que formará parte de la redacción de *Frente Rojo,*[53] al desdoblarse *Mundo*

[53] Las circunstancias de este periodo las describe Luisa Carnés en *De Barcelona a la Bretaña francesa.* Renacimiento. Sevilla. 2014. Edición, introducción

Obrero en dos redacciones independientes, para atender por separado la información en la zona centro —que seguirá atendiendo el último— y la zona de Levante y Cataluña, que serán cubiertas hasta el final de la guerra por *Frente Rojo*.

Aunque Luisa escribía en varias revistas gráficas cuyo público era esencialmente mujeres, sus artículos y reportajes intentan aportar una visión plural del universo femenino, donde tienen cabida diversas perspectivas de la vida de la mujer, destacando sobre todas ellas su actividad laboral, y también su esfuerzo de superación, con el deseo de concederle mayor visibilidad y protagonismo en la vida pública, en un periodo en el que se están produciendo cambios sociales relevantes a los cuales la autora no quiere permanecer ajena y sí transmitir a sus lectores.

El trabajo periodístico de Luisa Carnés en *Frente Rojo* queda también reflejado en varias ocasiones a lo largo de sus memorias, de forma intermitente, al dar cuenta de unos hechos ocurridos en la lejanía, dos años antes.[54] En estos meses, Luisa escribe sobre asuntos variados, aunque mostrando especial interés por temas relacionados con la mujer. Uno de sus primeros trabajos en *Frente Rojo* será una entrevista a propósito de la ce-

y notas de Plaza, Antonio. La obra, inédita hasta 2014, recoge las memorias de la autora, escritas en 1939 entre París y México, con recuerdos de su estancia en Valencia y Barcelona, de su reclusión, junto a otros desplazados, en un albergue de refugiados en Le Pouliguen, en la Bretaña francesa. En la introducción al texto se revive el periodo 1936-1939, siguiendo su actividad periodística en España, hasta que se suma a la masa de refugiados que alcanzaría Francia.

[54] *De Barcelona a la Bretaña francesa*, pp. 65-66.

lebración, en Valencia, el 8 de marzo, del día internacional de la Mujer.[55]

En diciembre de 1937 —y, posiblemente a iniciativa de la propia autora—, se anunciaba en el rotativo la aparición de una página semanal dedicada a la mujer, bajo el título de «Mujeres». Se publicaba los domingos, y la primera contribución de Carnés fue el artículo «Para las mujeres de nuestra guerra». La sección se mantendrá en el periódico más de un año, hasta diciembre de 1938.[56] El tratamiento de la situación de la mujer y su activa colaboración durante la guerra civil fue un tema recurrente de la escritora en el periódico. Otros temas habituales en sus artículos de este periodo fueron la especulación con los alimentos, la vida de los refugiados y la situación de los niños.[57]

[55] Carnés, Luisa, «Las mujeres españolas celebrarán la jornada del 8 de marzo intensificando su labor de guerra». *Frente Rojo,* Valencia, 27 de febrero de 1937, p. 4. En 1937 se celebró por primera vez en España el día internacional de la Mujer, con conferencias y actos conmemorativos, a propuesta de la Asociación de Amigos de la Unión Soviética, y a imagen de la celebración del día de la Mujer en Rusia. Es significativo, como indicador del compromiso permanente de Luisa Carnés a favor de la mujer que muchos años después, y ya exiliada en México, la escritora fuese participante habitual en actos similares, estando documentados los correspondientes a 1951 y 1964, el último cuando aconteció el accidente que le provocó la muerte.

[56] Carnés, Luisa, «Para las mujeres de nuestra guerra». *Frente Rojo,* Barcelona, 5 de diciembre de 1937, p. 8. Su último artículo localizado es «Relatos de refugiadas», del 11 de noviembre de 1938, pp. 7 y 9.

[57] Carnés, Luisa, «Los que viven y los que se enriquecen de la industria del pescado» y «Por qué encarecen las subsistencias». *Frente Rojo,* Valencia, 2 y 9 de marzo de 1937, p. 2. Desde el comienzo de su trabajo en *Frente Rojo,* la autora mostró un gran empeño en denunciar a través de diversos artículos el desabastecimiento y la especulación con los alimentos que sufrían Valencia, Madrid y otras ciudades. Otros tres artículos sobre el mismo tema fueron pu-

En esta etapa colabora también en *La Hora* (Valencia),[58] y parece probable que también lo hiciese en *Verdad,* el órgano valenciano del PCE, aunque su nombre no figura entre sus colaboradores.[59] Un trabajo periodístico que expresa lo que serán, desde este momento, los objetivos principales de su escritura: la reivindicación de la mujer en todos sus aspectos y el respaldo a su participación en la vida pública; y, en segundo lugar, la defensa de la legalidad republicana.

La edición valenciana de *Frente Rojo* duró unos diez meses, hasta el 20 de noviembre de 1937. A finales de octubre, el gobierno del presidente Negrín decide el traslado a Barcelona de los principales órganos de la administración del Estado, una medida que se justifica por factores estratégicos y económicos.[60] Junto a ellos se desplazaron también los aparatos de propaganda de los partidos. El periódico reanudó su publicación en la capital catalana, desde el 24 de noviembre, si bien duró solo dos meses,

blicados por ella los días 5, 6 y 8 de abril. También se editaron otros similares, aunque sin firma.

[58] «Natalia Valle» [= Luisa Carnés], «Rosa Luxemburgo, la gran luchadora». *La Hora. Diario de la Juventud* (Valencia). Edición nacional de *Ahora,* 196 (20 de enero de 1938), p. 6.

[59] Conversación con Alejandra Soler Gilabert del 21 de enero de 2011. Luisa y Alejandra coincidieron en Valencia durante la guerra civil, y después, en el centro de refugiados de Le Pouliguen. Tras su salida de este centro, Alejandra Soler se trasladó a la URSS, y allí permaneció exiliada hasta 1971.

[60] Moradiellos, Enrique, *Negrín.* Península. Barcelona. 2005, pp. 304-305. Sobre la decisión de trasladar el gobierno a Barcelona, ver *El Socialista,* Madrid, 31 de octubre de 1937, p. 1: «Nota del Gobierno acerca de su traslado».

hasta el 25 de enero de 1939. Esa madrugada, las instalaciones de *Frente Rojo* y *La Vanguardia* serían asaltadas por patrullas armadas de la Quinta Columna, que actuaban en la ciudad condal como avanzadilla del ejército regular invasor.[61] Ante el peligro inminente, la dirección del PCE decidió la evacuación del personal del periódico, junto a otros responsables y dirigentes, que abandonarían Barcelona con destino a Francia. Luisa Carnés dejó la capital catalana, junto a sus compañeros periodistas, apenas unas horas antes de la entrada en ella del ejército de Franco.[62]

El hundimiento del frente republicano, a mediados de noviembre de 1938, tras la batalla del Ebro, precipitó la ofensiva hacia Cataluña de los sublevados, en una situación militar que se antojaba insostenible. El 26 de enero cayó Barcelona, y el 4 de febrero, Gerona. Desde mediados de enero, una columna continua, integrada por miles de personas, donde se entremezclaban civiles de todas las edades, se dirige a la frontera francesa por cualquiera de los pasos conocidos. En su fuga fueron acompañados de numerosos soldados del ejército republicano, procedentes de unidades militares que ya no existían e incapaces de detener al adversario.

La huída se desarrolló sin plan de retirada y sin que el gobierno republicano pudiera hacer nada por encauzarlo. Tenía un carácter de supervivencia, y buscaba entrar en Francia antes de que el ejército franquista tomara el con-

[61] Carnés, Luisa, *De Barcelona...*, pp. 19-21: «Un golpe audaz de la Quinta Columna».

[62] *De Barcelona...*, pp. 29-33: «Último amanecer en Barcelona».

trol de los pasos fronterizos. Una parte de los que abandonaron el país procedían del flujo de refugiados que, desde octubre de 1936, se trasladó desde Madrid y el centro del país hacia tierras levantinas, para dirigirse después —en el otoño de 1938— a Cataluña, sumándose a quienes, desde esta región y Aragón, se empeñaban, en los seis meses finales de la guerra, en alcanzar la frontera francesa.

A través de las páginas de su libro de memorias *De Barcelona a la Bretaña francesa* (1939), Luisa Carnés describe las terribles condiciones en que tuvo lugar el avance de los republicanos españoles hacia la frontera al tiempo que aporta testimonio de la vida de los refugiados con quienes convive durante su estancia en Francia, un periodo que se prolonga varios meses hasta que la autora es liberada, junto a otros refugiados ilustres, y trasladada a México en mayo de 1939 en el barco holandés Veendam, una expedición que contó con el respaldo del gobierno de aquel país.[63]

La estancia en México entre 1939-1951: Tiempo para la esperanza

La vida en México resultará una dura prueba para los refugiados republicanos, obligados a superar los problemas

[63] Sobre la emigración a México de Luisa Carnés, ver Plaza, Antonio, «Intelectuales hacia México. El viaje del Veendam. Un episodio simbólico en la historia del exilio español de 1939», en Aznar Soler, Manuel, y López García, José Ramón (eds.), *El exilio republicano de 1939 y la segunda generación*. Renacimiento. Sevilla. 2012, pp. 830-844.

de adaptación y a satisfacer las necesidades más imperiosas. A su llegada, la escritora buscará empleo en el periodismo, un sector donde ya había demostrado sus habilidades y preparación antes de la guerra civil.[64] Inicialmente, lo hace en las revistas próximas a la emigración, como *Romance, Ultramar, Ars,* y también, en las publicaciones pertenecientes al PCE, partido en el que milita *(España Popular, Reconquista de España, Nuestro Tiempo, Mujeres Españolas, España y la Paz, Juventud de España).*

Para poder trabajar libremente en el país de acogida, los emigrados republicanos se vieron obligados a naturalizarse, un paso que tiene lugar en circunstancias muy favorables, en relación a otros emigrados que llegan de Europa. Una vez obtenida en 1941 la nacionalidad mexicana, Luisa Carnés tendrá oportunidad de trabajar como periodista en este país, colaborando en diversos medios —radio, prensa—, donde publica también artículos y entrevistas. Durante todo este periodo mantiene su actividad literaria publicando nuevos cuentos, y escribiendo también obras de mayor extensión. En estos años completa dos obras. La primera es una biografía novelada, *Rosalía de Castro* (Rex. 1945).

Dos años después, entre 1947 y 1948, escribe la novela *Juan Caballero* (1956). La obra estaba dirigida a resaltar la acción guerrillera desarrollada por los republicanos en

[64] Entre mayo de 1933 y febrero de 1939, Luisa Carnés escribió más de trescientas colaboraciones. Una relación de ellas se recogerá en el artículo «Luisa Carnés: literatura y periodismo, dos vías para el compromiso», de próxima publicación en *Cuadernos Republicanos*, Madrid.

la retaguardia del Estado franquista: «Es la lucha de un pueblo por defenderse»,[65] y está hecha en reivindicación y reconocimiento a aquellos españoles que optan por combatir al régimen derrotado, a través de la lucha armada, y en unas condiciones extremas.

Esas fueron sus dos últimas obras extensas publicadas en vida, aunque su producción literaria es más dilatada. Entre 1939 y 1951 seguirá trabajando en varios libros, parte de los cuales aún permanecen inéditos, como *La camisa y la virgen* (1930-1947), compuesto por cuatro novelas cortas: *La camisa y la virgen* (1954); *La Aurelia* (1930-1947); *Ana y el gitano* (sin fecha) y *Un día negro* (1941); y *Olor de santidad,* novela de corte biográfico iniciada por la autora entre 1931 y 1936, y finalizada en el exilio. Está dedicada al también periodista Miguel Puyol Román —hermano de Ramón Puyol—, fusilado por el ejército sublevado en septiembre de 1936, tras la toma de Algeciras.

Durante este periodo Luisa Carnés siguió escribiendo cuentos, de forma constante, hasta su muerte. Estas narraciones se pueden ordenar en tres grupos. El primero lo componen los llamados «cuentos españoles». Este conjunto está integrado por once cuentos. Un segundo grupo lo forman los conocidos como «cuentos mexicanos», de acuerdo con su temática, y lo integran otros quince cuentos, número que supera a los de tema español. Un dato significativo que revela la intención de la

[65] CARNÉS, Luisa, *Juan Caballero*. Atlante. México. 1956.

autora de dirigirse al público mexicano, en un momento donde las posibilidades de retorno a España son cada vez menores, y por tanto, la temática debe orientarse a la población del país de acogida. Con la excepción de cuatro de ellos, escritos antes de 1950, el resto fue publicado de 1951 en adelante, cuando la autora parece iniciar una nueva fase de su actividad literaria. Un tercer grupo de cuentos lo formaban narraciones dedicadas a temas de actualidad.

El destino asumido como exilio permanente *(1951-1964)*[66]

La formalización de los pactos militares entre España y Estados Unidos, gestados entre la primavera de 1951 y el otoño de 1953, al hilo de la creciente tensión internacional —guerra de Corea—, representarán la garantía para la supervivencia del franquismo. Estados Unidos trata de conseguir apoyos en la lucha que le enfrenta con la URSS, mientras la dictadura franquista necesita el respaldo norteamericano para hacer olvidar su relación anterior con los fascismos. A través de la cesión de bases militares españolas a los norteamericanos, el régimen militar del general Franco garantiza su permanencia. Para los exiliados republicanos, los pactos de septiembre de 1953 suponen el fin de la esperanza para el retorno de la democracia en

[66] Carnés, Luisa, «Adiós a Natalia Valle». *El Nacional*, México, 9 de junio de 1951, pp. 3 y 7.

España, al tiempo que son vistos como una traición de las potencias vencedoras en 1945, ahora enfrentadas por la Guerra Fría contra la URSS y sus aliados. Ante un futuro incierto, solo queda acomodarse a las circunstancias,

En el caso de Luisa Carnés —como en el de otros muchos exiliados— es el momento de pasar página y afrontar el futuro con realismo, asumiendo que el exilio será duradero. El periodo comprendido entre 1951 y 1964 —fecha de su fallecimiento— se corresponde también con los años de mayor productividad literaria.

En él, debe destacarse, en primer lugar, su obra teatral, formada por tres dramas: *Cumpleaños* (1951), *Los bancos del Prado* (¿1953?)[67] y *Los vendedores de miedo* (¿1951-1953?).

Para Vilches de Frutos,[68] las obras señaladas «muestran a una escritora comprometida no solo en la lucha política, sino también en la ruptura de los modelos de mujer imperantes en sociedades fuertemente patriarcales de los años cincuenta [...]. Muestran cómo la creación artística, el compromiso político y la lucha por los dere-

[67] *Los bancos del Prado* está escrita en respuesta a los pactos del gobierno franquista con EEUU, que conllevaban la instalación de bases militares en España, una medida que fue objeto de duras críticas y propaganda negativa por la intelectualidad española exiliada en México, aunque esta campaña tuvo escasa incidencia en España. A diferencia de otros textos inéditos de la autora, la copia que nos ha llegado carece de fecha, aunque el tema planteado permite fijar una fecha aproximada de redacción.

[68] Vilches de Frutos, M.ª Francisca, «Mujer, esfera pública y exilio: compromiso e identidad en la producción teatral de Luisa Carnés». *Acotaciones. Investigación y creación teatral*, Madrid, 25, julio-diciembre de 2010, pp. 135-153.

chos civiles pueden ir juntos». En *Los bancos del Prado,* los personajes transmiten aspectos de la realidad franquista: la marginación en que viven las familias de los represaliados republicanos, pese al tiempo transcurrido desde 1939, la falta de recursos de parte de la población, el control policial permanente sobre vida social o la pervivencia de una oposición política que se manifiesta a través del rechazo a los pactos con Estados Unidos. Este nivel de introspección en la psicología de los personajes supuso la culminación de su obra, seguida de la brusca interrupción por el fatal accidente que causó su muerte.

Junto a esta obra, *Cumpleaños* aborda temas como el adulterio, el matrimonio y la maternidad a través de la vida de una mujer madura. Finalmente, *Los vendedores de miedo* proyecta la responsabilidad colectiva en la lucha frente a los sistemas políticos que son capaces de recurrir a armas de gran poder de destrucción para sostenerse, y la obligación de los ciudadanos de oponerse a estas actuaciones. La publicación de estas obras ha sido muy dispar, editándose la mayoría de ellas póstumamente.[69]

Por lo que respecta a la narrativa, la mayor parte de su producción en ese periodo permanece inédita. Es el caso de *La puerta cerrada* (1956), ambientada en la re-

[69] *Cumpleaños* se reeditó en 1965; *Los vendedores de miedo* se publicó en 1966; ambas en México, en homenaje póstumo a la autora (Alejandro Finisterre editor). En 2002 la Asociación de Directores de Escena (ADE) reeditó en España ambas obras, junto a *Los bancos del Prado,* inédita hasta esos momentos, con un estudio introductorio sobre la obra dramática de Luisa Carnés firmado por José M.ª Echazarreta.

volución mexicana, de la que solo se conoce un adelanto,[70] publicado en 1964, unos meses antes de la muerte de la autora.

El eslabón perdido (1957-1958), fue la primera novela editada en España después de su muerte en el exilio, y probablemente también el último libro escrito por Luisa Carnés. Su publicación representó el comienzo de la recuperación literaria de esta autora, tras haber permanecido inédita más de cuarenta y cinco años.[71]

La novela narra la vida de un profesor exiliado, César Alcántara, que necesita enfrentarse a los retos de la estancia en México, tras muchos años de permanencia en el país que lo acogió, y considerando la situación que viven sus hijos, los cuales se sienten perfectamente acomodados en el país donde residen, y cada vez más distantes de España y de los recuerdos que su país de origen representaba. A través del protagonista principal, la autora describe la trayectoria vital de los exiliados en el país de acogida y la diversidad de adaptación que mantienen en relación a la sociedad mexicana frente a la integración de las nuevas generaciones. Ante a la postura sostenida por los padres, los hijos de los emigrados piensan en aprovechar las oportunidades de prosperar en la nación de acogida.

[70] CARNÉS, Luisa, «*La puerta cerrada*. Fragmento de una novela inédita del mismo título». Suplemento literario de *El Nacional. Revista Mexicana de Cultura*, México, 878, 26 de enero de 1964, p. 10.

[71] CARNÉS, Luisa, *El eslabón perdido*. Biblioteca del Exilio. Renacimiento. Sevilla. 2002. Edición de Antonio PLAZA.

En opinión de Iliana Olmedo, «*El eslabón perdido* supone una novela de autoexploración, que muestra la incapacidad humana para reconciliar el pasado y el presente».[72] Los padres llegados en la emigración de 1939 con hijos trataban de sobrevivir y buscar la felicidad allí donde estaba su nueva patria. Mientras, estos —conocidos como «emigrados de segunda generación»— tratan de olvidar los recuerdos que atormentan a sus mayores y no comparten la esperanza de aquellos de retornar a España, para reanudar la vida que abandonaron muchos años atrás, sin haberse sentido plenamente integrados en el país que les recibió.

Esta novela de Luisa Carnés —la primera que pudimos leer desde que abandonó España en 1939— contiene muchos elementos comunes con las escritas por otros escritores emigrados como Clemente Cimorra, *Gente sin suelo,*[73] y Manuel Andujar, *Cita de fantasmas.*[74] A propósito de esta última, el propio Andújar, revelaba la principal clave de su aportación, común a los tres autores mencionados:

«En esta novela están las tres generaciones que hemos ido al exilio. Está la de los titulares [...], luego está la de los que no habíamos hecho literatura [...] y la tercera ge-

[72] OLMEDO, Iliana, «El eslabón perdido». *Cuadernos Republicanos,* Madrid, 56 (2004, 3), pp. 125-127.

[73] CIMORRA, Clemente G.[utiérrez], *Gente sin suelo (Novela del éxodo civil).* Naval. Buenos Aires. 1940.

[74] ANDÚJAR, Manuel, *Cita de fantasmas.* Laia. Barcelona. 1984. La novela fue escrita hacia 1961.

neración, la de los chicos, que de niños o muy jóvenes fueron allá. Estos están entre dos mundos, entre dos culturas, entre dos ambientes».[75]

Desde 1960 la escritora fija también su atención sobre otros temas cotidianos, que poco a poco despiertan la sensibilidad del público lector: la segregación racial, un asunto de gran actualidad debido a las tensiones raciales que sacuden al vecino del norte; la condición de la mujer; el antibelicismo, etc. A estos temas dedicó otros siete cuentos, de los cuales solo tres fueron publicados, uno de ellos póstumamente. En el momento de su muerte, además de su incesante actividad periodística, había escrito no menos de treinta y tres cuentos en los veinticinco años de estancia en México, lo que —junto a su ya destacada obra mayor—, da idea de su productiva actividad literaria, que solo interrumpió una muerte prematura.

En conjunto, la obra de Luisa Carnés la asimila al grupo de mujeres escritoras surgidas literariamente en la Segunda República. La mayoría de ellas han permanecido invisibles durante décadas, sepultadas en el olvido. En su caso, ha debido aguardar muchos años para recibir la acogida y el interés que merece su obra. Desde la lejanía del exilio se nos muestra como una escritora profundamente comprometida con el país que la vio nacer, y abierta a las ideas y a los debates que preocuparon a la comunidad internacional en el periodo en que vivió, y

[75] Piña Rosales, Gerardo, *Narrativa breve de Manuel Andújar*, p. 69: «Conversación con el autor». Biblioteca Virtual. 2003.

también plenamente identificada con la problemática de las mujeres de su tiempo, que se debatían entre las estructuras sociales que las ataban y la responsabilidad que les competía como ciudadanas de pleno derecho.[76]

ANTONIO PLAZA PLAZA
Madrid, octubre de 2016

[76] VILCHES DE FRUTOS, p. 148.

Terminóse
de imprimir esta edi-
ción de *Tea Rooms. Mujeres
obreras* el 7 de mayo de 2016
en Imprenta Kadmos, Salaman-
ca, aniversario del nacimiento de
Olympe de Gouges, feminista, gi-
rondina y abolicionista, autora
del muy necesario panfleto
*Los derechos de la mujer
y de la ciudadana*.

OTROS TÍTULOS DE LUISA CARNÉS EN HOJA DE LATA:

TRECE CUENTOS
(1931-1963)

ISBN 978-84-16537-17-4
208 páginas
19,90 €

La primera antología de relatos de Luisa Carnés, la gran narradora olvidada de la Generación del 27, autora de la novela *Tea Rooms. Mujeres obreras.* Los cuentos descarnados de esta escritora autodidacta se dividen en cuatro bloques: los escritos de juventud; los de la República y la guerra civil; los del exilio mexicano y los de temática de actualidad internacional.

> «La obra de la escritora republicana Luisa Carnés, olvidada tras su exilio, ha vuelto a la vida gracias a una cadena formada por estudiosos, editores y lectores.»
>
> **CLARA MORALES, *InfoLibre***

> «La escritora que no salía en la foto de la Generación del 27.»
>
> **INÉS MARTÍN RODRIGO, *ABC***

JUAN CABALLERO

ISBN 978-84-18918-84-1
248 páginas
19,90 €

En Puebla del Alcor, las vecinas callan cada vez que se acerca Natividad Blanco, la esposa del jefe de Falange. Ella y su padre, el médico local, son parte de esa España que siempre se adaptó al viento dominante. Pero Nati se sabe diferente. Sabe que ni un solo día ha amado a su marido; que ni un solo día se ha sentido parte de los vencedores.

Por eso, la noche en la que la partida guerrillera de Juan Caballero baja a Puebla de Alcor, Nati decide romper con su destino y acabar con ese silencio que la gobierna y hermana con las otras mujeres del pueblo.

«Guerrilla y amor en una novela inédita de Luisa Carnés, un paso más en la recuperación de la autora exiliada en México.»

Cristina Ros, *The Objective*